爆裂紅魔にレッツ&ゴー!!
この素晴らしい
界に
を!
5

……お前、ちょっと
目を離した隙に何やってんだ。
猫耳
カズマ

アクア
我が名はアクア！
崇められし存在にして、やがて魔王を滅ぼす者！
そしてその正体は水の女神！

めぐみん
NEET
……めぐみん、めぐみん、
ちょ、ちょっと近い気が……。

……本当に何も
してくれないのですか？
せっかく二人きりなのに？

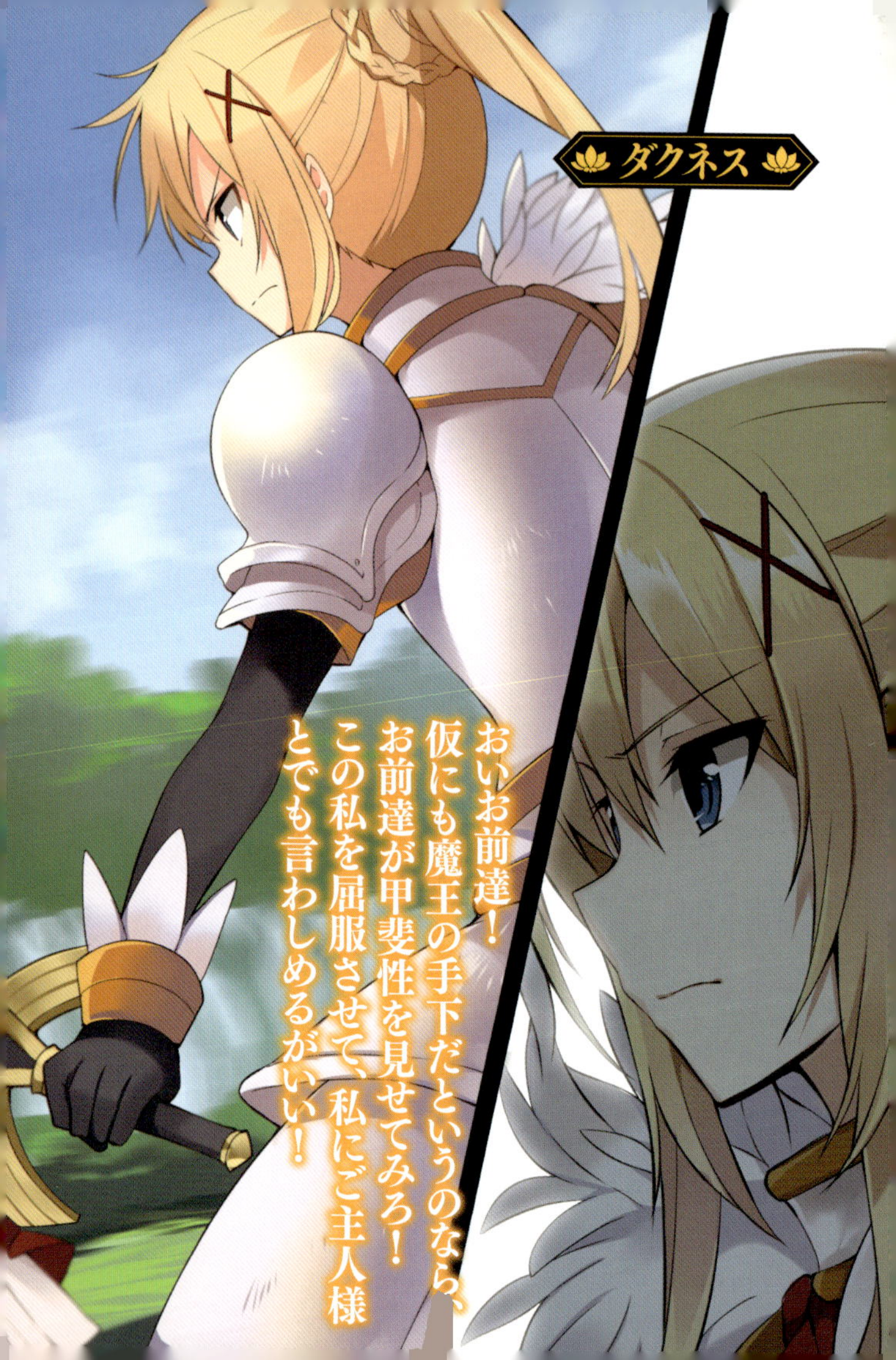
ダクネス
おいお前達！
仮にも魔王の手下だというのなら、
お前達が甲斐性を見せてみろ！
この私を屈服させて、私にご主人様
とでも言わしめるがいい！

へえ……。……なかなか
やってくれるじゃないの。
シルビア

この素晴らしい世界に祝福を！5

爆裂紅魔にレッツ＆ゴー!!

CONTENTS

プロローグ　P005

第一章　この由由しい手紙に決断を！　P008

第二章　この姦しい獣耳少女達とハーレムを！　P060

第三章　この痛ましい里で休息を！　P110

第四章　この寝苦しい夜に大義名分を！　P155

第五章　この恨めしい遺物に爆焔を！　P215

終　章　『欲しいのは最強の魔法使い』　P286

エピローグ　P306

この素晴らしい世界に祝福を！5

爆裂紅魔にレッツ＆ゴー!!

暁 なつめ

角川スニーカー文庫

18739

気になるあの町の情報を強力発信!!

"紅魔の里"不滅目録《エターナルガイド》

文・写真/あるえ

観光施設案内

魔王も怯む我らが紅魔の里には、素晴らしい観光スポットが盛りだくさん。道中、強い魔物に出会うこともあるから、気をつけてお越しくださいね。

▶願いの泉

斧を捧げると金銀を司る女神を召喚できたり、コインを投げ込むと願いが叶う聖なる泉。

▶聖剣が刺さった岩

抜いた者には強力な力が与えられると言われる、伝説の剣が刺さった岩。

▶大衆浴場『混浴温泉』

管理人が、クリエイトウォーターで水を足し、ファイアーボールを撃ち込んで温めるダイナミックなお風呂。

▶喫茶店『デッドリーポイズン』

店名もさることながら味も逸品。武器店『ゴブリン殺し』などこの里にはコアなファンが多い店がたくさんある。

ここに注目!

紅魔の里にはアークウィザードの英才教育機関が存在するの。ひょっとしたら魔王を倒す逸材がこの中からでるかもしれないね。

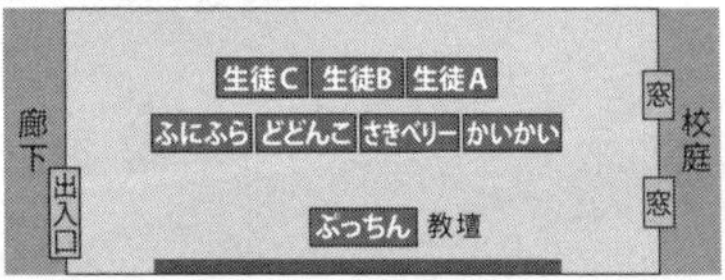

"紅魔族随一の天才"
卒業生に直撃インタビュー!

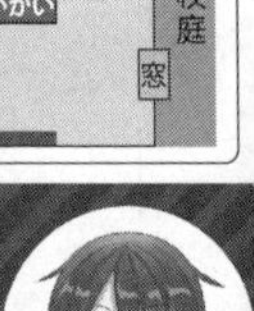

そうです。
私が"紅魔族随一の天才"です。
私が目指すのは"最強"。ちっぽけな上級魔法には興味がありません。

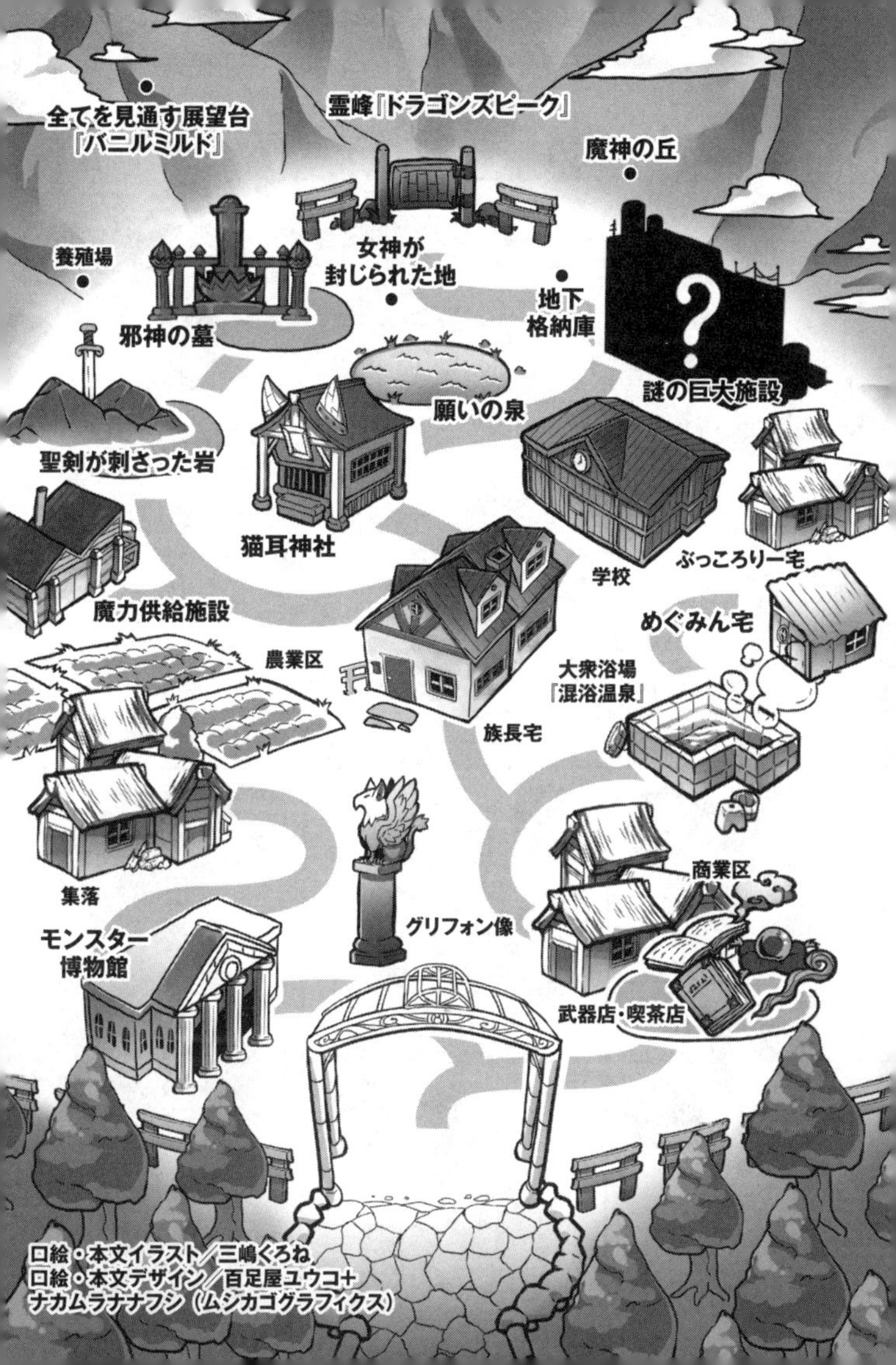

口絵・本文イラスト／三嶋くろね
口絵・本文デザイン／百足屋ユウコ＋
ナカムラナナフシ（ムシカゴグラフィクス）

Character
ダクネス
年齢 18歳
職業 クルセイダー
モンスターから攻撃されることに快楽を感じている防御専門の女騎士。大貴族・ダスティネス家のお嬢様でもある。特技は妄想。
アクア
年齢 年齢不詳
職業 アークプリースト
若くして死んだ人間を導く女神。カズマと共に魔王の討伐を目指す。好きなものは酒、特技は宴会芸。
めぐみん
年齢 14歳
職業 アークウィザード
紅魔族の中でも随一の天才魔法使い。「爆裂魔法」の魅力に取り憑かれ、それしか使えないし、使わない。好きなものは爆裂魔法。特技は爆裂魔法。趣味は爆裂魔法。
ゆんゆん
年齢 14歳
職業 アークウィザード
ウィズ
年齢 20歳
職業 店主
カズマ
年齢 16歳
職業 冒険者
アクアを道連れにした、現世でも異世界でも引き篭もりの冒険者。魔王討伐という任務を既に諦めかけている。
ちょむすけ
年齢 ???
職業 ???
バニル
年齢 年齢不詳
職業 大悪魔兼店員

プロローグ

「『エクスプロージョン』ッッッッ!!」

平穏《へいおん》だった平原に、突如《とつじょ》理《り》不尽《ふじん》な暴力が振《ふ》るわれた。

轟音《ごうおん》と共に爆風《ばくふう》が吹《ふ》き荒《あ》れ、それと同時に膨大《ぼうだい》な粉塵《ふんじん》が巻き上げられる。

俺は、魔力《まりょく》を使い果たして地面に倒《たお》れためぐみんを抱《だ》き起こす。

「い、今のは何点でしょうか……！」

めぐみんはだるそうにしながらも、目に強い光を残したまま尋《たず》ねてきた。

「音の響《ひび》きと破壊《はかい》力。……八十五点！」

「ぐっ！　さすがですカズマ、確かに今の爆裂《ばくれつ》魔法《まほう》を自己採点したならば、そんなものでしょう。腕《うで》を上げましたね……！」

「ふふ、こうも毎日毎日付き合っていれば見る目もつくさ。俺の事は爆裂ソムリエと呼んでくれてもいいぞ。ほら、おぶってやる」

「うう……」

俺はそう言いながら、グッタリしためぐみんに肩《かた》を貸す。

「本当に毎日毎日、よくもまあ爆裂魔法ばかりで飽《あ》きないな。いいかげん、他《ほか》の魔法を覚えて優秀《ゆうしゅう》な魔法使いにクラスチェンジする気はないのか？」

「ありませんとも。というか、こんなに優秀な魔法使いを捕《つか》まえておいて、一体何を言っているのですか」

自称《じしょう》『優秀な魔法使い』が、俺の背中に手を回しながら言ってくる。

まあ最近では、こいつも何だかんだいって、使いどころさえ間違《まちが》えなければそこそこ頼《たよ》りにはなるのだが……。

俺は一つため息を吐《つ》くと、めぐみんをしっかりと背負い直した。

——明日からはまた旅になる。

道中、魔力の温存のために魔法が撃《う》てないかもと、今日もこうして、一日一爆裂とやらに付き合わされたのだ。

まったく、本当によく飽きないものだ。

アクセルの街へと向かう道すがら。

空が茜色《あかねいろ》に染まっていく中、俺の背中のめぐみんが、悔《くや》しげに呟《つぶや》いた。

「次こそは、百点を……！」

第一章 この由由しい手紙に決断を！

1

――カズマさんの子供が欲しい。

ゆんゆんが放った情熱的なその言葉に、俺は口の端《はし》からダラダラと、紅茶を溢《こぼ》しながら固まっていた。

目の前には、赤い顔で拳《こぶし》を握《にぎ》って震《ふる》えるゆんゆん。

固まっているのは俺だけではない。

俺以外の者も、皆《みな》ポカンと口を開けていた。

それも当然だろう、なにせゆんゆんが口走ったのは……。

「ねえめぐみん、この手は待ってもらえないかしら。一手やり直しさせてくれるなら、アルカンレティアの温泉で見つけた、この変わった形の石をあげるわよ」

……いや、一人だけまったく空気を読まず、会話も聞いていない奴《やつ》がいた。

固まるめぐみんと向かい合いながら、駒《こま》を持って悩《なや》むアクア。

我に返った俺が口元の紅茶を拭《ぬぐ》っていると、ダクネスが呆然《ぼうぜん》とカップを傾《かたむ》け、紅茶を絨毯《じゅうたん》に溢していた。

俺はテーブルにカップを置くと、襟《えり》を正してゆんゆんへと向き直り。

「……今なんて？」

「カ、『カズマさんの子供が欲しい』って言いました！」

そんな俺の問いかけに、ゆんゆんが真っ赤な顔で言い放った。

どうやら聞き間違いではなかったらしい。

「……俺としては、最初は女の子がいいんだけど」

「ダ、ダメです、最初の子は男の子じゃなきゃダメなんです！」

大人しい子かと思っていたが、ちゃんと言うべき事は言うタイプらしい。

だが俺にだって譲《ゆず》れないものがある。男なら、娘《むすめ》にパパとか呼ばれたいもので……！

「いやちょっと待ってください、女の子だとか男の子だとか！　どうしていきなりそんなところにまで話が進んでいるのですか！　というかゆんゆんは、突然《とつぜん》何を口走っているのですか⁉　今自分が、何を言っているのか分かっていますか⁉」

我に返っためぐみんが、思わずその場に立ち上がった。

「そ、そうだ、めぐみんの言う通りだ、確かゆんゆんとかいったな⁉　カズマと何があったのかは知らないが血迷うな！　コレがどんな男か知っているのか⁉」

人聞きの悪い事を言いだすダクネス。

「あれっ？　ちょっと待って⁉　そうよ、ここよ！　ここでいらない子扱《あつか》いだったクルセイダーを置けば……⁉」

騒《さわ》ぎにまったく気づかず、一人だけマイペースに、駒を持って悩むアクア。

その対戦相手のめぐみんは、ゆんゆんの肩に掴《つか》み掛《か》かるとガクガクと揺《ゆ》さぶった。

「正気に戻《もど》ってください！　というかあなたは、たまに突《つ》っ走って目の前が見えなくなる時があります！　一体何がどうなっているのか、順を追って話してください！」

「だ、だってだって‼　私とカズマさんが子供を作らないと世界が！　魔王《まおう》が……っ‼」

めぐみんに揺さぶられながらも、泣きそうな顔でそんな事を叫《さけ》ぶゆんゆん。

「そうか、世界が……。大丈夫《だいじょうぶ》だ、皆まで言わなくてもいい。世界も魔王も俺に任せとけ。俺とゆんゆんが子作りすれば、それで魔王がどうにかなり、世界が救われるっていうんだな？　この俺が、困ってる人の頼《たの》みを断る訳がないじゃないか」

「おお、お前という奴は！　この間私達がクエストを請《う》けようと頼んだ時は、あれだけ嫌《いや》がり抵抗《ていこう》したクセに！」

「本当ですよ！　普段《ふだん》はちっとも言う事聞いてくれないクセに、どうしてこんな時だけ物分かりが良いのですか！　というか、この唐突《とうとつ》な流れに少しは疑問を抱《いだ》いてください！」

なおも横から口を挟《はさ》む二人に対し。

「うるせー！　お前らはさっきから何なんだよ！　これは俺達二人の問題だろ!?　関係ない奴が横から口出ししてくるんじゃねーよ！　せっかくやって来たモテ期なんだよ、邪魔《じゃま》すんな！」

「この男逆ギレしました！　というか関係ない訳がないでしょう、友人が変な男に引っかかろうとしてたなら、口の一つも出しますよ！」

食って掛かってくるめぐみんを黙《だま》らせるべく、俺は尚《なお》も続けた。

「そもそも、ずっと美少女や美女との出会いはあったのに、今までこんな展開にならない事の方がおかしかったんだよ！　俺達は数多《あまた》の魔王軍幹部を撃破《げきは》した英雄《えいゆう》だろ!?　何だかんだで色んな事件を解決してきたじゃねーか！　そろそろ俺に憧《あこが》れを抱く美少女や、サインくださいって言ってくる冒険《ぼうけん》者が現れたっておかしくねーだろ!!　おいダクネス！　お前も貴族の端《はし》くれなら、俺の功績に対して勲章《くんしょう》の一つも寄越《よこ》せ！」

「お、お前という奴は、そういった事は思っていても口には出すな！　せっかくの立派な功績も、自分で言っては台無しだろうが！」

その喧嘩《けんか》を見てゆんゆんが、

「お、落ち着いて！　すいません私のせいで、お、落ち着いてください！」

と、俺達の間に挟まれてオロオロするが。

「この国では16歳から20歳の間に結婚《けっこん》するのが普通《ふつう》って聞いたぞ！　結婚自体は14歳からできるとか！　ゆんゆんはめぐみんの同級生だったのなら、もう14歳なんだろ!?　だったら何も問題ないじゃん！　素晴《すば》らしい、素晴らしいよ！　条令に引っかからない幸せ！　ロリコンと言われない幸せ！　俺、初めてこの世界の事が好きになったよ!!　ってゆーか何なの？　お前ら、俺の事が好きなの？　ゆんゆんとお付き合い的な事始めるからって妬《や》いてんの!?　だったら素直《すなお》にそう言えよツンデレ共が！」

「こいつ！　ダクネス、シメましょう！　一度この男をシメときましょう！」

「よし、この口の減らないダメ男をぶっ殺してやる！」

「お？　お？　何だ、やるのか？　お前らも懲《こ》りねえな！　俺にドレインタッチっていう攻撃《こうげき》手段がある以上、お前らの身体《からだ》を触《さわ》るのはただの正当防衛だ！　どこをわし摑《づか》みにしてもセクハラにはならないんだぜ！」

二人に対して威嚇《いかく》するように手をワキワキさせて挑発《ちょうはつ》すると、みるみるうちにめぐみんの眉《まゆ》が吊《つ》り上がっていく。

と、今にも襲《おそ》い掛かってきそうなめぐみんのマントが、横からクイクイと引っ張られた。

「ねえ、めぐみんの番なんですけど。見て見て、これは自信の一手よ。ほら、早くこっち来て！」

「エクスプロージョーン！」

「わあああああーっ!!」

アクアに引っ張られためぐみんは、エクスプロージョンと叫びながら、盤面《ばんめん》も見ずにゲーム盤をひっくり返した。

「うっ……うっ……。エクスプロージョンルールは禁止にすべきよー……」

しくしく泣きながら絨毯に散らばった駒を拾うアクアを尻目《しりめ》に、めぐみんが杖《つえ》を突きつけてきた。

「これでも最強の魔法使い目指して日々頑張《がんば》っているのです。貧弱なステータスのカズマぐらい、魔法を使わなくとも楽勝ですよ！」

「おっと、さすがの俺もカチンときたぞ。俺の凄《すご》いところは、その貧弱なステータスにも拘《かか》わらず数多の強敵と渡《わた》り合ってきたって事だ。**バカの一つ覚えの爆裂魔《ばくれつま》**に、この俺が遅《おく》れを取る訳ないだろう。そこの**脳筋クルセイダー**なんて論外だ」

「脳筋クルセイダー!!」

今にも一戦始まりそうな空気の中、ゆんゆんが目に涙《なみだ》を浮《う》かべ、突然《とつぜん》叫《さけ》んだ。

「めぐみん、聞いて！　**紅魔《こうま》の里が……、紅魔の里が無くなっちゃう!!**」

2

「粗茶《そちゃ》ですけど」

「ど、どうも、ありがとうございます」

すすめられるままソファーに腰《こし》かけ、アクアにお茶をもらったゆんゆんは、ようやく落ち着きを取り戻していた。

「……で、一体何がどうなっているのですか？　里が無くなるとは穏《おだ》やかではありませんね。事情を話してくれますか？」

めぐみんの言葉に、ゆんゆんが無言で封筒《ふうとう》を渡す。

それを受け取っためぐみんは、封筒の中から二枚の手紙を見つけると。

この手紙が届く頃には、きっと私はこの世に
いないだろう。我々の力を恐れた魔王軍が、
とうとう本格的な侵攻に乗り出した様だ。
既に里の近くには、巨大な軍事基地が建設された。
それだけではない。
多数の配下達と共に、魔法に強い抵抗を持つ魔王軍の
幹部まで送られてきた。
ふふ……。魔王め、よほど我々が恐ろしいとみえる。
軍事基地の破壊もままならない現在、
我らに採れる手段は限られている。

そう、紅魔族族長として。
この身を捨ててでも、魔王軍の幹部と刺し違える事。

愛する娘よ。お前さえ残っていれば、
紅魔族の血は絶えない。族長の座はお前に任せた。
……この世で最後の紅魔族として、
決してその血を絶やさぬ様に……。

「……これは、ゆんゆんのお父さん、族長からの手紙ですか。『**……この手紙が届く頃《ころ》には、きっと私はこの世にいないだろう**』……？」

手紙に目を通しためぐみんの表情が、どんどん険しいものになっていく。

その手紙の内容は、確かにゆんゆんが取り乱すのに十分なものだった。

何でも紅魔族の里近辺に、魔王軍の幹部が現れ、多数の配下達と共に軍事基地を建設したらしい。

しかも、派遣《はけん》されてきたのは魔法《まほう》に強い幹部だそうだ。

そして現在、この軍事基地を破壊《はかい》する事もできない状況《じょうきょう》で……。

手紙には、紅魔族の誇《ほこ》りにかけて魔王軍の幹部と刺《さ》し違《ちが》えてみせるとの、紅魔族族長の覚悟《かくご》が込められていた。

そして……。

「『**族長の座はお前に任せた。……この世で最後の紅魔族として、決してその血を絶やさぬ様に……**』ちょっと待ってください、ここにもう一人紅魔族が生き残っているのですが！」

と、激昂《げっこう》するめぐみんに。

「そこはいいから先を続けて！　もう一枚あるから！」

里の占い師が、魔王軍の襲撃による、
里の壊滅という絶望の未来を視た日。
その占い師は、同時に希望の光も視る事になる。
紅魔族唯一の生き残りであるゆんゆんは、
いつの日か魔王を討つ事を胸に秘め、修行に励んだ。
そんな彼女は駆け出しの街で、ある男と出会う事になる。
頼りなく、それでいて何の力もないその男こそが、
彼女の伴侶となる相手であった……。
ヒモ同然の働かない男。
それを甲斐甲斐しく養うゆんゆん……。
修行に明け暮れていたゆんゆんにとって、
それは貧乏ながらも、楽しく幸せな日々だった。
やがて月日は流れ。
紅魔族の生き残りと、その男の間に生まれた子供は
いつしか少年と呼べる年になっていた。その少年は、
冒険者だった父の跡を継ぎ、旅に出る事となる。
だが、少年は知らない。
彼こそが、一族の敵である魔王を倒す者である事を……。

『紅魔族英雄伝　第一章』著者・あるえ

ゆんゆんの言葉に、めぐみんがもう一通の紙を読み上げた。

「『――**里の占《うらな》い師《し》が、魔王《まおう》軍の襲撃《しゅうげき》による、里の壊滅《かいめつ》という絶望の未来を視《み》た日。その占い師は、同時に希望の光も視る事になる。紅魔族唯一《ゆいいつ》の生き残りであるゆんゆんは……**』……だから、どうして唯一の生き残りがゆんゆんだけになっているのですか、私の身に一体何が⁉」

「いや、いいから先を続けろ！」

「『**……唯一の生き残りであるゆんゆんは、いつの日か魔王を討《う》つ事を胸に秘《ひ》め、修行《しゅぎょう》に励《はげ》んだ。そんな彼女は駆《か》け出しの街で、ある男と出会う事になる。頼《たよ》りなく、それでいて何の力もないその男こそが、彼女の伴侶《はんりょ》となる相手であった**』」

そこでアクアやダクネス、めぐみんが、俺の顔をジッと見る。

「……なんで、そこで俺の顔を見るんだよ。ひょっとして、頼りなく、それでいて何の力もない男って俺の事いってんのか？　ゆんゆんも、それだけの情報でここに来たのか？」

俺の言葉に、ゆんゆんがそっと目を逸《そ》らす。

「続けますよ？　『**……やがて月日は流れ。紅魔族の生き残りと、その男の間に生まれた子供はいつしか少年と呼べる年になっていた。その少年は、冒険者だった父の跡《あと》を継《つ》ぎ、旅に出る事となる。だが、少年は知らない。彼こそが、一族の敵である魔王を倒《たお》す者であ**

る事を……』」

「「「ッ!?」」」

その言葉に、俺だけではなくダクネスとアクアまでもが息を呑《の》む。

「お、俺達の子供が魔王を……!?」

「ま、待てっ！　何だその突拍子《とつぴようし》もない話は!?　おいカズマ、まさか、占いなんて曖昧《あいまい》なものを、疑《うたぐ》り深いお前が信じはしないだろうな!?」

「ねえ、そんなの困るんですけど！　私、そんなの困るんですけど!!」

自らに課せられた運命の大きさに愕然《がくぜん》としていると、なぜかダクネスとアクアが慌《あわ》てだした。

……あれ。

何こいつら、もしかして本当に妬いてんの？

あ、あれっ、本当に？

本当に、そんな甘酸《あまず》っぱい展開に、

「私としてはそんな悠長《ゆうちよう》な事いってないで、とっとと魔王を倒して欲しいんですけど！　カズマの子供が大きくなるまで待てっていうの!?　ねえ、何年くらい経《た》ったら少年っていえるのかしら。三年くらいでまからない？　まからないなら、その占いはなかった事にして頂戴《ちょうだい》！」

ちっともならなかった。

というか三年ってお前、幼児に魔王退治させる気か。

「紅魔の里には腕利《うでき》きの占い師がいるんです！　つまり、この占いは……！」

「分かった、そういう事なら任せとけ。世界のためだ、仕方ない」

「お、お前という奴《やつ》は、本当にそれでいいのか!?　普段《ふだん》は優柔不断《ゆうじゅうふだん》なクセに、今日はどうしてそんなに男らしいのだ!!」

ダクネスが俺の胸《むな》ぐらを摑《つか》み顔を寄せる中、手紙を読み終わっためぐみんが、ポツリと言った。

「……こちらの手紙は、最後に『**【紅魔族英雄《えいゆう》伝　第一章】著者：あるえ**』とあるのですが」

「「「!?」」」

そのめぐみんの一言に、俺とダクネス、ゆんゆんが、バッとそちらを振《ふ》り返る。

アクアがひょいと手紙を覗《のぞ》き込み。

「どれどれ？　あら、一枚目の手紙と字が違うわね。一枚目の手紙がゆんゆんのパパの手紙かしら。二枚目の手紙は、『**追伸《ついしん》　郵便代が高いので族長に頼《たの》んで同封《どうふう》させてもらいま**

した。二章ができたらまた送ります』って……」

「あああああああああああああああーっ!!」

ゆんゆんは突然《とつぜん》手紙を奪《うば》い取ると、クシャッと丸めて放《ほう》り投げた。

「わああああああっ、あんまりよっ！　あるえのばかああああああああ!!」

俺は、絨毯《じゅうたん》の上に突《つ》っ伏《ぶ》しておいおいと泣き出したゆんゆんに戸惑《とまど》いながら。

「おい、どういうこった説明しろ！　あるえって何だよ、俺の子供はどうなった。俺はどうしたらいい？　ここで脱《ぬ》げばいいのか部屋で脱げばいいのか」

「あなたはもう部屋に帰って寝《ね》てください。……あるえというのは、紅魔の里の同級生ですよ。なんというかその、作家を目指している変わった子でして……」

めぐみんの言葉に、ダクネスがホッとした表情を浮かべ。

「なんだ、ただの物語か。……ん？　いや待て、では最初の手紙は？」

「こっちは本物の内容じゃないですかね。紅魔族は、昔から魔王軍の目の敵《かたき》にされていましたから、まあいつかは来るだろうなと思ってました。とうとう本腰《ほんごし》を入れて里の攻略《こうりゃく》に来たのでしょう」

「おいちょっと待て、俺の男心はどうしたらいいんだよ、盛り上げるだけ盛り上げといてやっぱなしだとかふざけんな！　ゆんゆんは？　これから俺とゆんゆんが、甘酸っぱい関係になるんだろ⁉」

「ならない。お前は、本当に邪魔《じゃま》だからアクアに遊んでもらってこい。……というかめぐみんは、なぜそんなに落ち着いているんだ？　めぐみんの家族や同級生が心配ではないのか？　故郷がピンチなのだろう？」

そんなダクネスの言葉に、泣き崩《くず》れていたゆんゆんがハタと顔を上げた。

「そ、そうだわ。泣いてる場合じゃない！　ねえめぐみん、どうしよう⁉　里が襲《おそ》われてるのは本当だと思う！　私達はどうすればいい⁉」

ダクネスとゆんゆんの言葉にめぐみんは。

「我々は魔王も恐《おそ》れる紅魔族ですよ？　里の皆《みな》がそう易々《やすやす》と、ただでやられるとは思えません。それに……。ここに族長の娘《むすめ》であるゆんゆんがいる以上、紅魔の里に何かあっても血が途絶《とだ》える事だけはありません。なので、こう考えればいいのです。里の皆はいつまでも、私達の心の中に――」

「めぐみんの薄情者《はくじょう》！　どうしてそういつもいつも、ドライな考え方ができるのよ！」

涙目《なみだめ》のゆんゆんは、ほんのりと赤い顔で俺の顔を見てくると。

「あ、あの……。急に変な事言って申し訳ありませんでした。な、何ていうかその、私の知ってる男の人って、カズマさんしかいなかったし……」

「お、おう。いいって事よ。それより、これからどうするんだ？　故郷がピンチなんだろ？」

ゆんゆんは、目尻《めじり》の涙をグッと拭《ぬぐ》うと。

「はい、今から紅魔の里に向かおうかと思います。その、里には、と、とも……だち……も、いるし……」

ハッキリ友達と言い切れない仲なのだろうか。

「それじゃ、皆さんお騒《さわ》がせしました！　その、めぐみんも。またね……？」

そう言って、寂《さみ》しげに出て行くゆんゆんを見送りながら。

「……カズマ、あの子を一人で行かせて良かったのか？　スケベ心を起こして、格好つけながら、俺がついてってやるとか言いだすと思ったのだが」

「魔王軍の幹部に攻《せ》められてるんだろ？　そんなとこに俺がついてっても、足手まといにしかならんだろう。それに危ないし怖《こわ》いし、旅行から帰ってきたばかりだしでさすがにしんどい。……でもめぐみんが、あの子が心配だっていうのなら、ついて行ってもいいぞ？」

「こ、この男、さっきはあれほど、魔王軍の幹部達を倒してきた英雄だぞとか言い張っていたクセに！　というか、私がゆんゆんを心配する訳ないじゃないですか。あの子は私のライバルですよ？　私の敵みたいなもんです」

そう言ってそっぽを向くめぐみんに、俺とダクネスはニヤニヤしながら。

「おい、その割にはコイツ、やけにさっきからソワソワしてないか？」

「言うなカズマ、めぐみんも素直《すなお》じゃないのだ。お前の方から水を向けてやったらどうだ？」

と、ヒソヒソ話をする俺達を、めぐみんがじろりと睨《にら》む。

「おいアクア、お前も何か言ってやれ……よ……」

アクアの方を振《ふ》り向《む》くと。


「すかー……」


そこには、ソファーの上で眠《ねむ》りこけるアクアの姿。

コイツには、ちょっと難しい話だったらしい。

……結局めぐみんは、拗《す》ねたまま二階の自室に籠《こ》もってしまった。

広間に残ったダクネスが、俺に向けて言ってくる。

「なあカズマ、本当に放っておいてもいいのか？　あの、ゆんゆんという娘はめぐみんの友人なのだろう？　強いとは聞いているが……その……」

「大丈夫《だいじょうぶ》だよ。上級魔法《まほう》を使える本物の紅魔族だぞ？　というか、ヘタに俺達と一緒《いっしょ》にいるよりも一人の方が安全だと思う。なんせ、俺達のパーティーにはアンデッドに好かれる奴がいる事だしな」

言いながら、ソファーの上で丸くなり、だらしなく涎《よだれ》を垂らして眠るアクアを見る。

それに、今は強がってはいるが、どうせその内めぐみんが……。

——その夜。

夕飯を済ませ、自室でゴロゴロしていると、控《ひか》えめなノックがされた。

「どうぞー」

俺の返事を聞いて入ってきたのは、もちろん……。

「……カズマ。話があるのですが、ちょっといいですか？」

口元をムニムニさせて、何か言いたそうにしているパジャマ姿のめぐみんだった。

「どうしたこんな時間に。ゆんゆんの発言に対抗《たいこう》意識を燃やして夜這《よば》いに来たのか？」

「ぶっ飛ばしますよ！　なんていうか、私が14歳になってからというもの、セクハラ発言にブレーキが無くなりましたね！」

顔を赤くして怒《おこ》るめぐみんに、ベッドの上で胡座《あぐら》をかきながら先を促《うなが》す。

まあ、何を言うのかは大体予想はついているのだが……。

めぐみんは、一つ咳払《せきばら》いをすると。

「その、ですね。ゆんゆんはまあどうでもいいのですが。実は私には、年の離《はな》れた妹がいまして」

……………。

「それで、本当にゆんゆんはどうでもいいのですが、妹が気になるなと……な、なんですかニヤニヤして！」

ツンデレみたいな事を言い出しためぐみんに、俺はニヤニヤと笑《え》みを浮《う》かべた。

3

翌朝。

冒険者《ぼうけんしゃ》ギルドで紅魔の里周辺の地図をもらってきた俺は、皆を見回し。

「というわけで、だ。このツンデレが里帰りしたいって言うし、紅魔の里に遊びに行こうかと思う」

「誰《だれ》がツンデレですか！　言ったじゃないですか、私は妹が心配で……！」

食って掛《か》かってくるめぐみんの頭を押さえつけ、その言葉を遮《さえぎ》ると。

「里は現在魔王《まおう》軍と交戦中らしい。なので、遠くから里の様子を窺《うかが》ってみて、手紙の通りに危険そうならそのまま帰る。道中、魔王軍の姿を見かけてもそのまま帰る。モンスターとの戦いも、極力避《さ》ける方向で！」

「また随分《ずいぶん》と、カズマらしい後ろ向きな作戦ね！　まあいいわ。旅行から帰ってきたばかりだけど、私の力でめぐみんの故郷の人達を救済してあげるわ！」

ここ最近の魔王軍幹部討伐《とうばつ》により、変な自信がついたらしいアクアが、拳《こぶし》を握《にぎ》って言ってくる。

「紅魔の里か。あそこは、強力なモンスターが溢《あふ》れるパラダイスだぞ。しかも、魔王軍が群れを成して襲撃《しゅうげき》に来ているのだ……！　ああっ、数を頼《たよ》りに押し負けて、捕《と》らえられてしまった暁《あかつき》にはどうしよう！　なあカズマ、もしそんな事になった際には、私の事はいいから自分達の事だけを考えるんだぞ！」

「大喜びで置いてってやるから安心しろ。そのまま帰ってくるんじゃないぞ」

バカな事を口走るダクネスにキッパリ告げると、先日の旅で使った荷物を、荷ほどきしないでそのまま背負い、三人と共に屋敷《やしき》を出た。

本来ならこのまま乗合馬車に向かうのだろうが、実は今回の旅にはちょっとした考えがある。

「ねえカズマ、一体どこに向かってるの？　あの、ゆんゆんって子と一緒に里に向かうんじゃなかったの？」

「ゆんゆんは、昨日の昼過ぎの馬車でもう旅に出ちゃったよ。今から追いかけても間に合わないさ。それに、馬車の旅はもう十分だ。それより行きたい所があるんだよ」

——アクアにそんな受け答えをしている内に、やがて目当ての店に到着《とうちゃく》した。

「……む。行きたい所というのはここか。……その、私は一応エリス様に仕えるクルセイダーなのだから、あまりここには来たくないのだが……。なにせ、ここには——」

「へいらっしゃい！　上がり易《やす》い職業のクセにちっともレベルの上がらない男と、最近、実家の威光《いこう》以外ではあまり役に立ててない娘！　うっとうしい光溢れるチンピラプリーストに、ネタ魔法しか使えないネタ種族よ！　丁度良いところに来たな！」

「コイツがいるから……っ！」

「ネ、ネタ種族……っ！」

店先の掃除《そうじ》をする怪《あや》しげな仮面を被《かぶ》った店員に挨拶《あいさつ》をされ、ダクネスとめぐみんが、悔《くや》しそうに呻《うめ》いた。

以前から先送りになっていた商談をまとめるため、そして、ウィズに用があるのでこうしてやって来たのだが……。

眉間《みけん》に皺《しわ》を寄せ、自分に対してピシピシとジャブを食《く》らわせているアクアを無視し、俺の背後に回り込み、どうぞどうぞと店内に押し込んでくるバニル。

店内にはウィズの姿が見当たらなかった。

代わりに、店の奥からしくしくと泣き声が聞こえてくる。

俺は胡散臭《うさんくさ》い店員に押されながら。

「丁度良いとこに、って何だよ。またおかしな商品仕入れたのか？　ハッキリ言っとくが、この店の商品は買わないぞ」

「まあそう言わずに！　我輩《わがはい》としても、毎度毎度ガラクタを売るつもりなどないのだ。これなんてきっとお気に召《め》されるはずである」

店内に入った俺達へ、ここぞとばかりに売り込んでくるバニルが差し出してきたのは、蓋《ふた》の開いた小さな箱。

「……？　こりゃなんだ？」

「アンデッド除《よ》けの魔道具《まどうぐ》だ。蓋を開けるだけで、アンデッドを寄せつけない神気が半日ほど漏《も》れ続けるアイテムだ。ほれ、貴様のとこにはアンデッドに好かれるおかしなのがいるであろう？　この度《たび》の旅行において、苦労したのではないか？　これを持っていれば、外でもグッスリ眠れる事請《う》け合いである！」

「ちょっと、おかしなのって私の事じゃないでしょうね」

アンデッド除けか。

それだけ聞くと便利そうなんだが……。

「それで、デメリットは？　どうせまた何かあるんだろ？」

「そんなものはないぞ。強《し》いて言うなら、値段が高い上に使い捨て商品だという事くらいか。効果は抜群《ばつぐん》！　箱を開けたうっかり店主が店の奥から出てこられなくなり、先ほどからずっと泣いている程度には高性能だ」

「いや、蓋閉めて換気《かんき》してやれよ！　奥から聞こえてくる泣き声はウィズかよ！　てかウィズも、なんでそんな物仕入れたんだ。……でもまあ、確かに便利そうだし一つくれ。早《さっ》速《そく》使う事になりそうだしな」

俺は道中の野営の事を考えながら財布《さいふ》を開き……。

「毎度あり！　お一つたったの百万エリスである！」

「高《たけ》えよ！　その値段なら、集まってきたゾンビと戦った方がマシじゃねえか！」

俺の抗議《こうぎ》を無視し、新品の箱をせっせと袋《ふくろ》に詰《つ》め始めたバニルは。

「いいじゃないですかお客様。何せお客様は、これから大金持ちになるのだからな！　現在までの全商品の知的財産権を、総額三億エリスで買い取り！　この契約《けいやく》で良いのだな？」

そう言いながら、一枚の契約書を取り出してきた。

「三億エリス……！　この男にそんな大金を渡《わた》したら、いよいよ働かないダメ人間になるではないか！　いやでも、それもまあ悪くは……」

悩《なや》み顔のダクネスが、横でよく分からない事をブツブツ呟《つぶや》いている。

と、ニコニコ顔のアクアとめぐみんが、両隣《りょうどなり》からクイクイと袖《そで》を引っ張ってきた。

「カズマさんカズマさん。私、屋敷にプールが欲しいんですけど」

「私は魔力《まりょく》回復効果が上がると言われる、魔力清浄《せいじょう》機が欲しいです」

「おっと、金の匂《にお》いを嗅《か》ぎつけた亡者《もうじゃ》どもめ。プールや魔力清浄機は高そうだからまだ無理だが、今の内に、この旅に必要そうなアイテムを見て来いよ」

アクアとめぐみんを促すと、二人は嬉々《きき》として店内の物色を始めた。

俺が開発した各種商品は、一括《いっかつ》で買い取ってもらう事にした。

俺は厄介事《やっかいごと》に巻き込まれやすい。

イザという時、金だけ持って脱出《だっしゅつ》できる様にしといた方がと考えたのだ。

何せこの街には、魔王の幹部や機動要塞《ようさい》の襲撃など、一年の間に二回も危機が訪《おとず》れているのだ、用心しとくに越《こ》した事はない。

「――それじゃ、そのアンデッド除けの魔道《まどう》具《ぐ》代は、三億エリスから引いといてくれよ。三億もらえるのは、まだ先なんだろ？」

「うむ。すまぬが、店の奥でメソメソしているガッカリ店主が、こんな余計な物を仕入れて出費を増やしてくれたからな。ただでさえ金が無いのだ。なに、来週にはまとまった金が手に入るだろう。この街にて出資者を集めているのだ」

来週か。来週には、俺はこの街きっての大金持ちか！

「と、そういやウィズに用があるんだった。ちょっと呼んできてくれよ」

そう促すと、バニルは残念そうに、白い靄《もや》が漏れ出していた箱を閉める。

窓を開けて換気をしてると、やがて奥からウィズが出てきた。

旅行先のゴタゴタで、つい先日まで成仏《じょうぶつ》しかけていたウィズが、いつにも増して青白い顔色で、いらっしゃいませと微笑《ほほえ》んでくる。

「ようウィズ、体調は大丈夫《だいじょうぶ》か？　昨日の今日ですまないな。今日は客じゃなくて、ちょっと頼《たの》みがあってここに来たんだよ」

「……？　私に頼みですか？」

要がある。

「──なるほど。皆《みな》さんを、テレポートでアルカンレティアへ送ればいいんですね？」

紅魔の里に行くためには、まずアルカンレティアへと向かい、そこから里へと向かう必要がある。

俺はめぐみんの里の事情を話し、ウィズに頼みたい事を説明した。

小首を傾《かし》げるウィズに頷《うなず》くと。

アンデッドのクセに風呂《ふろ》好きなこのリッチーは、こないだの旅行でよほど温泉が気に入ったのか、テレポートで飛べる先に、アルカンレティアを登録してきたのだ。

俺とウィズがそんな話をしている間、他《ほか》の皆は店の商品を物色していた。

「な、なあバニル。この、モンスター寄せのポーションとやらはどんな具合になるんだ？これを体に振《ふ》りかけると、一体どうなってしまうんだ？」

「それは服用するポーションだ。飲むともれなく、モンスターはおろか街の人間や親や仲間でさえも、皆が貴様を憎《にく》み襲《おそ》いかかってくる事だろう。汝《なんじ》の歪《ゆが》んだ性癖《せいへき》にはピッタリのオススメ商品である。お一つどうか？」

「……親や仲間にまで嫌《きら》われてしまうのか……。うう、ずっと嫌われるのは困るが、ポーションの効果が短時間なら、購入《こうにゅう》を考えてみても……」

「……ほう、これは一時的に特定の魔法《まほう》の効果を上昇《じょうしょう》させるポーションとありますが。

爆裂《ばくれつ》魔法の威力《いりょく》を上昇させるポーションはないのですか？」

「うむ、現在店に置いてある魔法効果上昇ポーションは、『呪縛《じゅばく》魔法』と『泥沼《どろぬま》魔法』の二つが売れ残っているな。呪縛魔法用のポーションは、魔法の及《およ》ぶ効果範囲《はんい》を上げる作用がある。なので、敵に使うと自分も一緒《いっしょ》に動けなくなる仕様だ。泥沼魔法も同じく範囲の増大が見込めるので、使うと術者も溺《おぼ》れて死ぬ」

「ダメじゃないですか。……この存在感のある変な人形は何ですか？」

「それはバニル人形だな。我輩《わがはい》の仮面の欠片《かけら》を埋《う》め込んで作った代物《しろもの》で、我輩を恐《おそ》れて悪《あく》霊《りょう》が寄ってこなくなる逸品《いっぴん》である。現在、当店唯一《ゆいいつ》の売れ筋商品だ。夜中に笑うが効果は抜群。貴様達の屋敷にも、悪霊ではないが幽霊《ゆうれい》が住み着いておるぞ。……お一つどうか？」

「夜中に笑うとかそれが一番悪霊臭《くさ》いですよ。それに屋敷《やしき》に幽霊なんていたら、ウチのアクアが放《ほう》っておくはずないじゃないですか」

「ちょっと待って、めぐみんたら私の言葉を信じてないの!?　以前言ったじゃない、あの屋敷には貴族の女の子の幽霊が住んでるって！　可哀想《かわいそう》な子だから、まだ祓《はら》わないで好きにさせてあげてるだけよ！」

「うむ、そうだな。その幽霊が、たまにアクアの酒を飲んでしまうんだったな、分かった分かった」

「ダクネスまで！　信じてよー!!」

さ、騒《さわ》がしいなあ……。

俺が背後の連中を気にしていると、ウィズが懐《なつ》かしそうな表情を浮《う》かべ。

「しかし紅魔の里ですか。私も以前、里へ買いつけに行った事があるんですよ。ひょいざぶろーさんという高名な魔道具職人の方を訪ねたのですが、あいにくいらっしゃらず……」

と、いつの間にか隣《となり》に来ていためぐみんが、「えっ」と小さく声を上げた。

「ちょ、ちょっと待ってください。今、ひょいざぶろーと言いましたか？　……というか、ウィズが紅魔の里に来たのはどれくらい前でしょうか」

「私が里を訪れたのは……。今から二年くらい前でしょうか？　そうそう、そのお宅に伺《うかが》ったら、なんだかめぐみんさんによく似た、可愛《かわい》らしい女の子が出迎《でむか》えてくれて……」

それを聞いためぐみんが、頭を抱《かか》えてうずくまる。

「どうした？　何かあったのか？」

「い、いえ……。私の余計な判断で、商談を潰《つぶ》してしまっていたみたいで……」

よく分からない事を言うめぐみんをよそに、後ろからバタバタと音がする。

「商品に触《さわ》るな厄災《やくさい》女め！　貴様がポーションに触るとただの水に変わるのだ！」

「何よその扱《あつか》いは、お客様は神様でしょ！　私は本物の神様だけど！　神様相手に相応《ふさわ》しい態度を示しなさいよね！」

「商品をダメにしておいて、何を開き直っているのだこの貧乏神《びんぼうがみ》は!!　ええいウィズ、先ほどの話は聞いていた！　こやつらを送るのだろう!?　これ以上商品をダメにされない内に、とっとと送還《そうかん》してしまえ!!」

バニルの罵声《ばせい》に苦笑《くしょう》しながら、ウィズが魔法の準備をする。

「おい小僧《こぞう》！」

それを見ながらバニルが俺の耳元に口を寄せ。

「高い買い物をしてくれた礼だ。見通す悪魔《あくま》が忠告してやろう。……貴様はこの旅の目的地にて、仲間に迷いを打ち明けられる時が来る。貴様の言葉次第《しだい》では、その仲間は自らの歩むべき道を変えるだろう。汝、よく考え、後悔《こうかい》のない助言を与《あた》えるようにな」

そんな意味深な事を言ってきた。

コイツが忠告だとか、凄《すご》く胡散臭《うさんくさ》いんだが。

未《いま》だ文句を言っているアクアを黙《だま》らせると、俺達四人は一カ所に集まった。

「では皆さん。どうか、無事な旅を送られますよう……！　『テレポート』!!」

4

ウィズの魔法を受け、思わず閉じた目を開く。

そこに広がっていたのは、水と温泉の都アルカンレティア。

もう来る事はないだろうと思っていたこの街に、帰ってすぐ、再び舞《ま》い戻《もど》る事になろうとは……。


「ねえねえ、カズマさんカズマさん」

「この街はすぐに出るぞ。お前の教団の連中には、もう絶対に関《かか》わり合いたくないからな」

「なんでよー！」

やはりというか何というか、この街に一泊《いっぱく》したがるアクアをあしらい、ゆんゆんの情報を集める事にした。

ゆんゆんが出発したのは昨日の事。

乗合馬車で向かったのだろうが、アクセルからアルカンレティアまでは、早朝に出ても丸一日以上かかる距離《きょり》だ。

おそらくだが、ウィズのテレポートのおかげで俺達の方が先行してると思われる。

……だが、ゆんゆんを待って合流しようという俺の提案を聞き、

「カズマ、私はゆんゆんが心配で里帰りを決めた訳ではありません、妹が心配で来たのです。なので、このまま出発しましょう。あの子なら大丈夫、心配せずともちゃんと追いついてこれますよ」

と、めぐみんが渋《しぶ》い顔をしながら言ってきた。

あくまで妹が心配だという事にしたいらしい。

……なんて面倒《めんどう》な奴《やつ》なんだ。

結局、アルカンレティアに滞在《たいざい》するのもそこそこに、街の外れから里へ向けて踏《ふ》み出した。

アクシズ教徒に鉢合《はちあ》わせると面倒な事になりそうなので、俺としてはいいのだが……。

紅魔族の里へは乗合馬車が出ていない。

里への道中は商隊で向かう事もできないぐらいに危険な場所なのだとか。

なにより、紅魔族の人達はテレポートの魔法で街々を自由に行き来ができる。

今更《いまさら》商隊が危険を冒《おか》してまで向かう必要がないという訳だ。

「この街から里までは、徒歩で二日ほど。道中危険なモンスターが生息していますが、その辺はカズマの敵感知スキルが頼《たよ》りですね」

アルカンレティアを後にした俺達は、整備された街道《かいどう》を歩きながら紅魔族の里へと向かっていた。

危険なモンスターがわんさかいる中での野営は、正直怖《こわ》い。

日の高い内に、できるだけ距離を稼《かせ》いでおきたい。

「まあ任せとけ。こないだの旅で、いくらか雑魚《ざこ》モンスターを狩《か》っただろ？　あの時、レベルが一つ上がったんだよ。スキルポイントも余ってる事だし、『逃走《とうそう》』っていう盗賊《とうぞく》スキルを手に入れたんだ。これでいつでも逃《に》げられる」

「ねえ、それってカズマにしか効果がないスキルなんじゃないの？　敵を察知したら、いつでも一人で逃げられるって言ってるんじゃないわよね？」

意外に鋭《するど》いアクアの言葉を聞き流し、ダクネスを先頭にして、俺、めぐみん、アクアの順に街道を行きながら。

「カズマはレベルの上がりやすい冒険者《ぼうけんしゃ》ですよね？　それにしては、魔王《まおう》軍幹部を相手にあれだけの激戦を繰《く》り広げたというのに、上がったのは1レベルですか。私は一気に33になりましたよ！」

「おい、カード見せびらかして自慢《じまん》すんな、むしり取って投げ捨てるぞ。仕方ないだろ、お前はボスにトドメを刺《さ》したり雑魚をまとめてぶっ飛ばしたりできるが、俺はこのおかしな名前の刀一本と弓しか攻撃《こうげき》手段がないんだぞ」

俺達がそんな事を言い合いながら、林に差しかかった時だった。

先頭を歩いていたダクネスが、突然《とつぜん》その場に立ち止まる。

「……む、誰《だれ》かいるぞ？」

ダクネスの言葉に、俺達もそちらを向くと……。

林の入り口で、出っ張った岩の上に腰《こし》かけた緑髪《みどりがみ》の少女が、こちらに気づいた様に手を振ってきた。

こんな所に一人で？

……と、その少女の足下《あしもと》に目がいった。

少女は右の足首に血の滲《にじ》んだ包帯を巻き、それをチラチラと見ては痛そうに顔をしかめている。

そして、上目遣《うわめづか》いでこちらを見てきた。

それを見て、俺のあるスキルが反応した。

……何というか。

…………この世界は、何というか、本当にロクでもないな！

「怪我《けが》してるじゃない。ねえあなた、大丈夫《だいじょうぶ》？」

言って、ホイホイと少女に近寄ろうとするアクアの肩《かた》を、ガッと摑《つか》んで引き止めた。

その行動に、アクアはおろかめぐみんとダクネスも俺を見る。

「敵感知スキルにモンスターの気配をビリビリ感じる。あれ、擬態《ぎたい》したモンスターだ」

「「「えっ」」」

俺は、悲しそうな顔でこちらを見てくる少女の視線を無視し、遠巻きに警戒《けいかい》を強めながら、冒険者ギルドでもらった、紅魔の里への地図を取り出した。

そこには、水の都アルカンレティアから、紅魔の里までのモンスター情報も掲載《けいさい》されているのだ。

その中から、この少女に該当《がいとう》しそうなモンスターを探すと……。

見つけた。

『安楽少女《あんらくしょうじょ》』というのが、こいつの名前なのだろう。

その項目《こうもく》を読み進める俺にアクアが言った。

「ねえカズマ、なんかもの凄く悲しそうな目でカズマを見てるわよ。なんか私、あの子にヒールかけてあげたい気分なんですけど」

そんな事を言いだしたアクアの肩を摑んだまま、俺は安楽少女の説明欄《らん》に目を通す。

『安楽少女。その植物型モンスターは、物理的な危害を加えてくる事はない。……が、通

りかかる旅人に対して強烈《きょうれつ》な庇護欲《ひごよく》を抱《いだ》かせる行動を取り、その身の近くへ旅人を誘《さそ》う。その誘いは抗《あらが》い難《がた》く、一度情が移ってしまうと、そのまま死ぬまで囚《とら》われる。一説には、このモンスターは高い知恵《ちえ》を持つのではともいわれているが定《さだ》かではない。これを発見した冒険者グループは、辛《つら》いだろうが是非《ぜひ》とも駆除《くじょ》して欲しい』

「おいカズマ。な、なんだかこちらを泣きそうな顔で見ているぞ。あれは本当にモンスターなのか？」

ダクネスが、珍《めずら》しくオロオロしながら言ってきた。

『旅人がこのモンスターの傍《そば》にいる間は、酷《ひど》く安心した笑《え》みを浮《う》かべるため、とにかく離《はな》れる事が難しい。離れようとすれば泣き顔を見せる。善良な旅人ほど、このモンスターに囚われるので注意して頂きたい』

「カ、カズマ、あの子が、泣き出しそうなのを必死に堪《こら》える様な笑顔で、バイバイと手を振《ふ》っているのですが。ちょっと抱《だ》きしめてきたらダメでしょうか」

俺はアクアから手を放し、代わりに、そんな事を言い出しためぐみんの襟首《えりくび》を掴んだ。

『一度囚われると、そのままそっと寄り添《そ》ってくるため、はね除《の》けるのは困難。そして、本来ならば旅人は腹が減ればその場から立ち去ろうと考えるのだろうが、このモンスターの危険なところは、自らに生えている実をもぎ取り、それを旅人に分け与える事にある。

実は非常に美味で腹も膨《ふく》れる。……が、このモンスターの実は殆《ほとん》ど栄養素を持たないため、どれだけ食べてもやせ細っていく。旅人は、自らの実を千切って差し出す少女の姿に、良心の呵責《かしやく》からやがて食事をする事すらなくなり、栄養不足で死に到《いた》る』

「くっ……！　たとえモンスターといえども、怪我をしている相手を放《ほう》っておくのは……」

耐《た》え切れなくなったダクネスが、安楽少女に近づいていく。

物理的な危害は加えないと書いてあるので、俺はダクネスをそのままに、続きを読んだ。

『安楽少女の実を食べ続けると神経に異常をきたす成分があるのか、やがて空腹や眠気《ねむけ》、痛み等、体への危険信号が遮断《しやだん》される。そのため、寄り添う少女と共に夢見心地《ゆめみごこち》で衰弱《すいじやく》して死んでいく。年老いた冒険者が安らかな死を求め、このモンスターの生息地へ向かう例も多く見られる事などが、『安楽少女』と呼ばれる由縁《ゆえん》である。……その後、安楽少女は死んだ旅人の上に根を張り、それを養分とし──』

……俺はそこで読むのを止《や》めた。

いつしか俺の手を放れていためぐみんが、アクアと共に少女の近くへと駆《か》け寄っていく。

皆《みな》、相手がモンスターだと聞いてまだ安易に触《ふ》れようとはしないものの、それでも一様にソワソワしていた。

安楽少女がそんな三人を、『ひょっとして傍にいてくれるの？』という、淡《あわ》い期待を込めた目でジッと見つめていた。

三人はその目に庇護欲を刺激《しげき》されたのか、手をワキワキさせている。

「一応物理的な危害は加えてこない植物型のモンスターみたいだ。その保護欲で旅人を足止めして、餓死《がし》させてそこに根を張るんだと」

俺の言葉を聞き、三人は安心した様に、安楽少女の傍へと近寄った。

……足止めして餓死させるってところ、ちゃんと聞いてたか？

「今傷を治してあげるからね！　……あれっ？　これって怪我じゃないのね。包帯じゃなくて、そんな感じに見える様、擬態してるんだわ」

アクアの言葉に俺も近寄って少女を見る。

街によくいる、普通《ふつう》の女の子みたいな服装の安楽少女。

靴《くつ》はなく裸足《はだし》姿で、みんなに囲まれて嬉《うれ》しそうにニコニコしていた。

よく見ると、腰かけている岩も擬態した体の一部なのだと気づく。

岩の後ろから枝のような物が伸《の》び、そこには小さな実が生《な》っていた。

着ている服も、血が滲んだ包帯も、それらは全《すべ》て人を惹《ひ》きつけるための擬態なのだ。

怪我して動けない少女を装《よそお》うとか、なんてタチが悪いんだ。

そんな俺の思いをよそに、三人は安楽少女をチヤホヤしだした。

めぐみんがそっと手を差し出すと、安楽少女は差し出されたその手を、『握《にぎ》ってもいいのかな？』と、不安そうに顔色を窺《うかが》いながらも手を伸ばす。

そしてその手をギュッと握ると、心底嬉しそうにパアッと表情を輝《かがや》かせた。

……今の表情で、三人は完全にやられたようだった。

紅魔の里は危険だとは聞いていたが、こいつは違《ちが》う意味で危険なモンスターだ。

俺はモンスター情報に書かれていた注意書きを思い出す。

そして、『**これを発見した冒険者グループは、辛いだろうが是非とも駆除して欲しい**』という注意書き。

『**善良な旅人ほど、このモンスターに囚われるので注意して頂きたい**』という一文を。

俺は安楽少女の前に立つと、日本刀もどき〝ちゅんちゅん丸〟を引き抜《ぬ》いた。

「ちょっと何する気よカズマ！　あんた、まさかこの子を経験値の足しにする気じゃないでしょうね！」

と、そんな俺を見て、アクアが安楽少女を庇《かば》う様に抱きしめながら言ってきた。

いや待て、そいつはモンスターだ。

しかも人の命を奪《うば》う系の。

「安楽少女の名は私も知っています。でもまさか、こんな女の子の姿をしたモンスターを傷つける訳ないですよね？　カズマは、鬼畜《きちく》だの外道《げどう》だのと評されていますが、何だかんだで仲間想《おも》いですし、優《やさ》しいところがあるのは知ってます。しませんよ、そんな事。……しません、よね……？」

めぐみんが安楽少女の手を握りながら、訴《うった》えかける目で俺を見上げてくる。

まるで拾ってきた子猫《こねこ》を、保健所に連れてかないでくれと親に訴えかける子供の様に。

……お、俺だって、好きでこんな事をしたい訳じゃない。

迷っているのを感じ取ったダクネスが、相手がモンスターだという事を思い出したのか、

「……いや。カズマが駆除すべきだと判断したのならそうすべきだ。怪我をしていると思って駆け寄ってみれば、このモンスターには怪我なんてなかった。とすると、よほど狡猾《こうかつ》な擬態モンスターだという事だ。放置しておいたならば、今後余計な被害《ひがい》が出かねない」

そう言いながら大剣《たいけん》を抜き、安楽少女に対して身構える。

すると安楽少女が、子供の様に舌ったらずな、聞き取り難《にく》い小さな声で。

「……コロス……ノ……？」

安楽少女はめぐみんの手を縋《すが》る様に両手で握り、岩に腰《こし》かけたままダクネスを見上げ、目に涙《なみだ》を浮かべて、フルフル震《ふる》えた。

喋《しゃべ》るのかー……。

構えた大剣をカタカタ震わせ、安楽少女とまったく同じ表情でダクネスが俺を見る。

お前までそんな目で見てきてどうする。

動かなくなったダクネスを押しのけて、俺は抜き身の刀を手に前に出る。

それを見て、アクアが安楽少女の前に立ち塞《ふさ》がり、ボクサーのシャドウの様に俺へジャブを繰《く》り出し警戒しだした。

……コイツ、一応女神《めがみ》のクセに、一番モンスターに魅《み》せられてどうすんだ。

不安そうな顔で、手を握るめぐみんを見上げた安楽少女は、そのまま恐《おそ》る恐る俺を見た。

「……コロス……ノ……？」

涙目で俺を見ながら首を傾《かし》げる少女を見て、心の深い部分を抉《えぐ》られる。

三人が、そして一匹《いっぴき》のモンスターが俺を見つめる。

しっかりしろ、このモンスターは人の命を奪う。

放っておけば、誰《だれ》かが犠牲《ぎせい》になるかもしれないし、別に綺麗事《きれいごと》を言うつもりじゃないが、これって、放置した方が悪なんじゃないのか？

それとも、退治する方が悪なのか？

ぐうううう、なあああああー！

刀を地面に突《つ》き立て、頭を掻《か》き毟《むし》って迷う俺を見て、アクアが言った。

カズマ、迷っている時に出した決断はね、
どの道どっちを選んだとしても
きっと後悔するものよ。
なら、今が楽ちんな方を選びなさい。

なんて助言だ、ダメ人間の考えじゃないか。

だが待って欲しい、俺がこの安楽少女を見逃《みのが》せない理由はもう一つ。

めぐみんの里の事だ。

これから行く先では魔王《まおう》軍の幹部とその配下達が待ち構えている。

戦う気はさらさらないが、万が一に備え、少しでもレベルを上げておきたい。

この安楽少女は、こんな危険な地域に生息するモンスターだ、倒《たお》して得られる経験値も多いだろう。

葛藤《かっとう》する俺を三人が見つめている。

そして、不安げな表情の安楽少女も。

俺には大義名分があるはずだ。

このモンスターを狩《か》っておかないと、犠牲者《ぎせいしゃ》が出るかもしれないという名分が。

……あああ、くそっ、仕方ないんだ、許してください！

そう、人の姿をしていてもこれはモンスター、モンスター、モンスター……っ！

……俺がいつまでも葛藤していると、安楽少女が呟《つぶや》いた。

「クルシソウ……。ゴメンネ、ワタシガ、イキテル、カラダネ……」

そう言って、安楽少女は儚《はかな》げに微笑《ほほえ》むと。

「ワタシハ、モンスター、ダカラ……。イキテイルト、メイワク、カケルカラ……」

安楽少女は少しだけ涙を浮《う》かべ。

「ウマレテハジメテ、コウシテニンゲント、ハナスコトガデキタケド……」

まるで祈《いの》るかの様に、両手を胸の前で組み。

「サイショデ、サイゴニアエタノガ、アナタデヨカッタ。……モシ、ウマレカワレルノナラ……。ツギハ、モンスタージャナイト、イイナア……」

そう言って、観念するかの様に目を閉じた。

……殺せる訳ねーだろ。

5

俺達は安楽少女を見逃して、そのまま街道《かいどう》を歩いていた。

もう知るか。

将来誰かが被害に遭《あ》うかもしれないが、あんな事を言ってくる女の子型モンスターを殺せるほど、俺は人命至上主義じゃない。

……きっと、あの安楽少女はあそこを通る奴《やつ》を惑《まど》わせるんだろうな。

見逃した後も、皆《みんな》が散々後ろ髪《がみ》を引かれる様な状態だったし、アクアやめぐみんがなかなか先に行こうとしなくて大変だった。

ああくそ、見逃しても倒しても後味が悪いモンスターだなんて、なんてタチが悪いんだ。

でもあれだ、今日初めて人間と話せたとか言っていたし、とすると、あの子が手にかけた犠牲者はまだ誰もいないのだろう。

なら、見逃してやっても……。

良かったんだろうか…………？

「――でも、カズマにもちゃんと人の心が残っていたみたいで良かったわ。経験値の足しになれとか言って、襲《おそ》い掛《か》かった後にティンダーで火をつけるかと思ったもの」

「お前とは、常々俺の事をどう思っているのか話し合う必要があるな。お前らは、俺がそんな事はしないって分かってたよな？」

言いながら、俺はダクネスとめぐみんを見ると……。

「「……」」

二人は無言で、気まずそうに目を逸《そ》らす。

俺をちゃんと理解してくれる様な、そんな優しい仲間が欲しい。

……あれっ？

「おいちょっと待て。やばいんじゃないのか、この道に安楽少女がいるってのは」

優しい仲間、で、俺は後から来るゆんゆんの事を思い出した。

友達がいなくて、寂《さみ》しがりで、人一倍周りに気を遣《つか》うあの子がこの道を通ったら。

安楽少女は俺達に、人間と話したのは初めてだと言っていた。

という事はやはり、ゆんゆんが俺達より後にいるのは間違《まちが》いない。

「ウィズみたいな顔色してどうしたの？　お腹《なか》でも痛くなったの？　そこに茂《しげ》みがあるわよ。ちょっと離《はな》れててあげるから行って来なさい」

「違うわ！　おい、お前ら先行っててくれ！　俺はあの安楽少女の下へ行って、ちょっと話をしてくる！」

「えっ、ちょ、ちょっとカズマ!?」

戸惑《とまど》うアクアの声を聞きながら、俺は今来た道を駆《か》け出した。

6

まだ、安楽少女と別れてから五分と経《た》ってはいない。

走ればすぐ着くはずだ。

身勝手な事かも知れないが、あの少女に頼《たの》んでみよう。

紅《あか》い目をした女の子がこの道を通っても、手を振《ふ》ったり笑いかけたりしない様に、と。

俺は走りながらなおも考えた。

そうだ、もし説得が効くのなら、もう旅人を誘《さそ》うのを止《や》めてくれと頼んでみてもいい。

……そうだ、そうだ！

アルカンレティアの街のアクシズ教団の関係者に頼んで、あの優しいモンスターが人を襲わずにすむ様、養分になる物を定期的に届けてもらうとか……！

どうせ街に帰れば金持ちになれるのは確定なのだ。

俺があの子のエサ代ぐらい出したって構わない。

俺は駆け戻《もど》りながら、その考えに満足し……！

——先ほどの場所で、誰かと話をしている安楽少女の姿を見つけた。

すぐさま潜伏《せんぷく》スキルを使い、千里眼スキルを用いて様子を窺《うかが》う。

安楽少女と話していたのは木こりの兄ちゃんだった。

アルカンレティアに住む木こりだろうか？

木こりは、斧《おの》を手にして安楽少女に歩み寄っていく。

もしかして、あの子を駆除《くじょ》する気か……？

俺は潜伏スキルを解かないままに身を低くして近寄ると、そっと聞き耳を立てて様子を窺う。

すると、男の声が聞こえてきた。

「ああ……。くそっ、なんて事だ……。すまない、すまない！　勘弁《かんべん》してくれ！　お前さんを見つけたら駆除しなきゃいけないってのが、木こりの決まりなんだよ……！」

それは泣き出しそうな木こりの声。

やっぱりあの子を殺《や》る気か！

俺は慌《あわ》てて潜伏を……！

「ワタシハ、モンスター、ダカラ……。イキテイルト、メイワク、カケルカラ……」

解こうとしている俺の前で、先ほど聞いたのと同じセリフを、

「ウマレテハジメテ、コウシテニンゲント、ハナスコトガデキタケド……」

一言一句間違《まちが》える事なく、

「サイショデ、サイゴニアエタノガ、アナタデヨカッタ。……モシ、ウマレカワレルノナラ……。ツギハ、モンスタージャナイト、イイナア……」

安楽少女は木こりに言った。

「あ……。ああ……。できねえ。俺にはできねえよ、畜生《ちくしょう》ーっ！」

木こりは叫《さけ》ぶと、背を向けて走り出す。

俺は呆然《ぼうぜん》と、潜伏スキルを解く事もなく木陰《こかげ》に無言で佇《たたず》んでいた。

……あれっ。

俺と話したのが初めてだって言ってなかったか。

「あーあ、また失敗か。今の木こり、肉付き良くていい養分になりそうだったのに……」

……木こりがいなくなった後、流暢《りゅうちょう》な独り言を呟く安楽少女の声を聞き。

俺は、安楽少女の背後に回り、潜伏スキルを解除した。

だが安楽少女は、まだ背後の俺には気づく事もなく、

「くああ……っ。くっそ、エサ来ねーなー……。曇《くも》ってるけど、光合成でもするかぁ……。あーめんどくさ」

ブツブツと呟きながら、太陽の光を全身に浴びるかの様に、その体をうーん、と伸《の》ばして……。

背を反らし、真後ろにいた俺と目が合った。

「「…………………」」

お互《たが》い無言で見つめ合い、やがて安楽少女がぽつりと言った。

「イマノハ、ナカッタコトニ、デキマセンカ……？」

「お前流暢に喋《しゃべ》ってただろうが、ボケがあああああっ！」

――俺がアクア達を追いかけると、三人は俺を待っていたのか先ほどの場所で休んでいた。

駆け寄る俺の表情を見て、アクアが笑いかけてくる。

「なんかスッキリした表情ね！　どうしたの？　あの子と何かあった？　そもそも、何しに引き返したの？」

そんなアクアに向けて、俺は嬉々《きき》として冒険者《ぼうけん》カードを見せつけた。

「見ろよこれを！　一気にレベルが三つも上がった！　これでめぐみんの里に行っても少しは役に立てるだろう！」

俺のその言葉に三人が凍《こお》りつく。

そして……。

「わっ……わあああああーっ！　カズマの外道《げどう》！　鬼畜《きちく》外道っ！　あんたはバニルが可愛《かわい》く見えるぐらいの悪魔《あくま》だわっ！」

「あ……あぁ……。ああああ……。私のせい……。私がさっき、たくさん上がったレベルを自慢《じまん》してカズマをからかったから……！　だから、触発《しょくはつ》されてあんな子でも手にかけてきたんですね……!?　わわ、私が調子に乗ってあんな事をしたから……っ！」

いや待って欲しい。

……と、泣き喚《わめ》く二人に言い訳しようとした俺は、無言で佇むダクネスに気がついた。

そんなダクネスに首を傾《かし》げると。

「辛《つら》かっただろう？　……お前は、冒険者の義務を果たしたんだ。すまない、お前にだけ嫌《いや》な役割を押しつけて……」

ダクネスは、辛そうな、それでいて真面目《まじめ》な顔でそんな事を……。


――俺が三人に説明するのに、一時間がかかった。

第二章　この姦しい獣耳少女達とハーレムを！

1

夜の帳《とばり》が下りる頃《ころ》、街道《かいどう》沿いの地面の上に、寝《ね》やすい様に大きめの石を取り除いた後布を敷《し》く。

レジャーシートぐらいの大きさの布は、まあ、使用法はまんまレジャーシート代わりだ。

この辺のモンスターは強い。

灯《あか》りに寄って来られても困るので火は焚《た》かず、暗闇《くらやみ》の中、身を寄せ合って眠《ねむ》る事にした。

バニルから買った、アンデッド除《よ》けの魔道具《まどうぐ》の蓋《ふた》を開けると、広げた布の中央に全員の荷物を置き、それを背もたれの様にし、皆《みな》で身を寄せていた。

今日は曇っているせいか、星の明かりも見られない。

俺は千里眼スキルによる暗視、そして敵感知スキルにより、闇の中でもモンスターが察知できる。

なので、夜の見張りは俺が常に起き続ける事にした。

一人では対処に困るだろうと、俺以外の三人は交代で休む事に。

最初の見張り番は俺とめぐみんだ。

「……カズマ、本当に寝なくても大丈夫《だいじょうぶ》なのか？　確かに、スキルの特性上お前が起きていてくれると有り難《がた》いのだが……」

ダクネスが、闇の中でそんな事を言ってくる。

「気にすんな。俺は徹夜《てつや》に強いって特性を持ってるんだよ。俺が住んでた国では、徹夜なんてしょっちゅうだったからな」

その、俺の言葉にめぐみんが。

「そういえば、カズマやアクアはどこに住んでいたのですか？　カズマの国の話が聞きたいですね。カズマが開発した商品の数々を見るに、便利な魔道具がたくさんある国みたいですが。カズマがそこで、どんな暮らしをしてきたのかが気になります。徹夜に強いだなんて、一体どんな暮らしをしていればそんな特性が身につくのか……」

めぐみんのその言葉に、ダクネスも興味があるのか、隣《となり》でこちらを窺う気配がする。

どんな暮らし、か……。

静かな闇の中、俺は平和な日本での日々を思い出していた。

この、暗い中での会話が、何だか修学旅行の夜みたいに思えて感傷的になっていた俺は、ゆっくりと語りだした。

「そうだなあ……。俺は、国じゃランカーだったんだ」

「「……？　らんかー？」」

めぐみんとダクネスが、同時に言った。

この世界の人間にランカーっていっても分からないか。

「言ってみれば、ランキング上位者っていっても意味だな。仲間には、**『レア運だけのカズマさん』**だの、**『インしたらいつもいるカズマさん』**だのと……。まあ、色んな通り名を付けられ、頼《たよ》りにされていたな。戦友と一緒《いっしょ》に砦《とりで》へ攻《せ》め込んだり、大物のボスを狩《か》ったり、楽しかったなぁ……。徹夜なんて当たり前。ロクに食事も取らず、毎日二時間ほど寝て、またすぐにモンスター狩りへと戻ったもんさ……」

その言葉に、俺の隣で驚嘆《きょうたん》のため息が漏《も》れた。

「す、凄《すご》いな……。砦攻めだのボス狩りだの……！　なるほど、カズマが普段《ふだん》これだけ機転が利《き》くのはそういった経験が元になっていたのか……！　す、凄いな……っ！」

ダクネスが俺を尊敬する様に、興奮しながら言ってくる。

「普段のカズマからは信じられない様な今の話ですが……。なぜでしょう、嘘《うそ》を言っている気配がまったく感じられませんでした。今のカズマからは、確かな自信と懐《なつ》かしさが感じられます……」

めぐみんまでもがそんな事を言ってくる。

俺の真後ろに位置するアクアが。

「……ねえカズマ。それってネトゲの話でしょって、思い切りツッコんでもいいかしら」

「止《や》めてくれると助かるかな」

2

ダクネスから、何かあったら多少乱暴でもいいから即《そく》起こせと言われた俺は、一発で起きる凄い起こし方をしてやると確約し、めぐみんと共に見張りについていた。

「……その、凄い起こし方ってどんなのでしょうか。一応言っときますが、仲間の一線は越《こ》えちゃいけないんですよ？　大丈夫ですよね？」

「男って生き物はな、越えちゃいけないなんて言われる壁《かべ》があると越えたくなるものなん

だ。……そう、人生に立ち塞《ふさ》がる高い壁や大きな山ほど越えたくなる。あれと同じだ」

「違《ちが》います、違いますよ！　そんな前向きな良い話と一緒にしないでください！　カズマの隣で見張りをしているのが危険な気がしてきましたよ！」

興奮しためぐみんの言葉にアクアがむにゃむにゃ言いながら寝返《ねがえ》りをうつ。

「「…………」」

起こしてはまずいと、思わず二人で黙《だま》り込んだ。

やがて聞こえてくる静かな寝息《ねいき》。

俺達はそれを聞き、安心した様に息を吐《つ》く。

「そういえば……」

と、めぐみんが小さな声で。

「そういえば先ほど二人が寝る前の話ですが……。カズマは他国から来たんですよね？……その。カズマは、国に帰る事はないのですか？」

そんな事を、恐《おそ》る恐るといった感じで尋《たず》ねてきた。

「というか、帰りたくても帰れないんだよ。まあ、国に帰ってものんびりした生活に戻《もど》るだけだしな。最近は、今の暮らしも悪くない気はしてきた。紅魔の里から帰る頃には、バニルから三億エリスの大金がもらえるんだ。そうなると、一気に金持ちだぞ。そしたら、

皆で面白《おもしろ》おかしくのんびり暮らそうぜ」

この世界でニートやるのも日本でニートやるのも大した違いはない。

親に迷惑《めいわく》かけるか、かけないか。

後は、日本にはゲームやパソコンがある代わりにサキュバスサービスが無いとか、その程度の認識《にんしき》しかない。

魔王《まおう》を倒《たお》して日本に帰る。

なんかもう、最近ではかなりの無茶《むちゃ》ぶりな話に思えてきている。

それに、親の顔ぐらい見たい気はするが、俺はもう、日本じゃ死んだ事になってるしなあ……。

魔王を倒したらどんな願いも叶《かな》えてくれるそうだが、その辺は上手《うま》く調整してくれるのだろうか？

――俺の言葉にめぐみんは、安心した様に息を吐いた。

「そうですか。……私も今の暮らしは気に入ってるのでこのままがいいです。しょっちゅうピンチになるも、皆と一緒に何とか乗り越えていく、今の楽しい生活に満足してます」

しょっちゅうピンチになる生活の、一体何が楽しいんだよと言おうとした、その時だった。

「ずっと、このまま皆で一緒にいられるといいですね」

隣に寄り添《そ》うめぐみんがほうと息を吐きながら、闇の中で俺の右手をギュッと握《にぎ》ってくる。

めぐみんのひんやりした手の感触《かんしょく》。

それを感じながら、俺は。

——なぜか酷《ひど》く緊張《きんちょう》していた。

やだ、なにこれ甘酸《あまず》っぱい！

どうしよう、何この子。

なぜめぐみんは、いきなり何の脈絡《みゃくらく》もなく俺の手を握ってきたんだ？

ゆんゆんの子作り宣言といい、やっぱり俺にはモテ期が到来《とうらい》していたのか？

俺は走馬灯の様に、昔の甘酸っぱい記憶《きおく》を思い出していた。

俺の初恋《はつこい》の相手だった、小学生の頃《ころ》、『大きくなったら結婚《けっこん》しようね』と言ってくれた幼なじみの女の子。

中学三年の夏、不良の先輩《せんぱい》のバイクの後ろにあの子が乗っているのを見て何ともいえない気分になった俺は、あまり学校にも行かなくなり、ネットゲームに没頭《ぼっとう》した。

その後、寝《ね》る間も惜《お》しんで努力し、モンスター退治に明け暮れて、いつしか俺の名を知らない人の方が少ないほどの高みに上っていった訳だが……。

そんな、人生の大事な時を自己鍛錬《たんれん》に費《つい》やして、思春期の学校生活を無駄《むだ》にしてきた俺が、今こうして、肩《かた》を触《ふ》れさせるぐらい近くに座った美少女と、手を握り合っている。

なにこれヤバい、こういう状況《じょうきょう》ではどうしたらいいの？

誘《さそ》われてんの？

気の利いたセリフの一つでも言えばいいの？

今までめぐみんの事は何とも思ってはいなかったし、今でももちろん、このロリっ子に対して恋愛《れんあい》感情なんてものはない。

でも女に免疫《めんえき》のない童貞《どうてい》は、異性に突然《とつぜん》こんな事されると簡単に意識するって知らないのかよ！

俺は、意を決して気の利いたセリフを吐こうとして……。

気がついた。

「……すかー…………」

そんな俺の緊張と葛藤《かっとう》をよそに、めぐみんが静かな寝息を立てている事に。

…………こんのガキー!!

3

「……まったく、昨晩は騒《さわ》がしいカズマとめぐみんのせいで、ちっとも寝られなかったんですけど」

「騒がしかったのは悪かったが、このロリっ子が見張りの途中《とちゅう》で寝るから悪いんだよ。それに、見張りの時間になって起こそうとしても、ちっとも起きなかったクセに何言ってやがんだ。結局、お前の分の見張りまでダクネスが引き受けたんだぞ」

「いや私は、見張りの途中で眠《ねむ》ってしまっためぐみんが、カズマに凄い起こされ方をされたと聞いて、私も見張りの途中で眠ってしまったらどうしようと、ドキドキして眠れずにいただけなのだが……」

「うう……。と、とんでもない事をされました……」

昨晩は多少の騒ぎはあったものの、無事朝を迎《むか》えた俺達は。

軽い朝食を終えた後、そんな事を言い合いながら、緊張感《きんちょうかん》もなく進んでいたのだが……。

「参ったなあ……」

俺は街道《かいどう》のど真ん中で立ち止まり呟《つぶや》いた。

目の前の、だだっ広い平原を呆然《ぼうぜん》と眺《なが》めながら。

こんな遮蔽物《しゃへいぶつ》が何もない所を歩いて行ったら、潜伏《せんぷく》スキルが使えない。

頼《たよ》りはめぐみんなのだが、こんなに見通しのいい所で魔法《まほう》を撃《う》って、それを聞きつけた他《ほか》のモンスターに来られてはどうしようもない。

だが、紅魔の里に行くにはここを通るしかない訳で……。

敵感知スキルでモンスターを察知するにしても、この見通しの良さでは、スキルに反応する頃にはこちらが先に見つけられてしまう訳で……。

しょうがない、こんな時こそ千里眼スキルだ。

敵感知スキルに頼らず、相手より先に、肉眼でモンスターを見つけてしまえばいい。

「おい、俺が一人で先行するから、お前らはいつでも逃《に》げられる様にしておいてくれ。アクア、イザって時追いつかれない様に、俺に速度増加の支援《しえん》魔法を頼《たの》むよ」

万が一モンスターに見つかったとしても、先日習得した『逃走《とうそう》』スキルを持ち、支援魔法を受けた俺ならば、敵を囮《おとり》になって引きつけた後、三人から引き離《はな》したところでどこかに陰《かげ》を見つけて潜伏し、やり過ごせばいい。

俺は胸当てや籠手《こて》、すね当てを外すと、それらをまとめてアクアに渡《わた》した。

万一に備えて身軽になっておきたい。

持っていた荷物も全部預け、走り易《やす》いよう武器の類《たぐ》いもダガーを残してアクアに渡した。

「もう、逃げる気満々な状態ね。いっそ潔《いさぎよ》いわね」

そんなアクアの言葉に。

「ここいらのモンスター相手に俺が真っ正面から戦える訳もないしな。モンスター情報を見ても、ヤバそうな名前がズラズラ載《の》ってるし。相手が一匹《いっぴき》で来るとも限らないし、極力戦闘《せんとう》は避《さ》け、逃げ回る方向でいくぞ」

モンスター情報には、一撃熊《いちげきぐま》にグリフォン、ファイアードレイクだのといった、見るからに強そうな名前のモンスター名しか載っていなかった。

いや、一つだけ。

メジャーな名前で、しかもゲームや漫画《まんが》なんかでは、雑魚《ざこ》モンスターに分類される奴《やつ》が載っていたが……。

万一出会うのだったらそいつがいいなと思いながら、俺は皆《みな》の前を先行するべく。

「それじゃあ、俺のかなり後をついて来るんだぞ。見失わない程度には距離《きょり》を保てよ。何かあったらジェスチャーを送るからな。そうしたら、すかさず逃げろよ」

「分かったわ。この私に任せておいて」

「お前にジェスチャーが通じない事だけは分かってる。ダクネス、めぐみん、頼んだぞ」

俺の言葉にダクネスとめぐみんが頷《うなず》いた。

4

だだっ広い平原地帯に延びる道。

そこを、軽装で一人歩いて行く。

辺りを神経質にキョロキョロ見回し、モンスターの影《かげ》がないかを確かめる。

慎重《しんちょう》に平原地帯を進んで行く俺の後方を、三人がちゃんとついて来ているかを時々振《ふ》り返りながら確認《かくにん》した。

今のところ順調だ。

モンスターで特に注意したいのは、空を駆《か》ける類いの連中だ。

モンスター情報に載っている中ではグリフォンが該当《がいとう》したが、今のところ空を見上げてみても、飛び回る影は見当たらない。

既《すで》に俺達は、数体の大型モンスターを遠目に発見し、やり過ごす事に成功していた。

順調だ。

このまま平原地帯を抜《ぬ》けたら、皆と合流すればいい。

……と。

平原のど真ん中に、ぽつんと立つ人影《ひとかげ》が見えた。

その人影はまだこちらに気づいている様子はない。

だが普通《ふつう》に考えて、こんな所に人間がぽつんと突《つ》っ立っている訳もなかった。

そう、あれは恐《おそ》らくモンスターだ。

俺は、まだ遠目ながらそのモンスターの正体に予想がついた。

危険なモンスター達が生息する中で、一つだけあった場違《ばちが》いな名前。

『オーク』。

豚《ぶた》の頭を持つ二足歩行型のモンスターで、繁殖《はんしょく》能力が高く年中発情している生物。

人型の生物なら殆《ほとん》どの種と交配可能で、こいつらに捕《つか》まった場合は悲惨《ひさん》な目に遭《あ》わされると聞く。

コイツに捕まりそうな場合は、即座《そくざ》に自決した方が良いとまでいわれるモンスターだ。

ゲームの類いではコボルトやゴブリンと並ぶ、大変メジャーな雑魚モンスター。

そいつらの名前が、なぜかこの地域のモンスター情報に載っていた。

今まで避けてきた大型のモンスター達と比べ、わざわざ迂回《うかい》する必要もない気がする。

ダガーしか持っていないが、相手は見た感じ、武器らしい物も持っていない。

俺には相手の生命力を吸うドレインタッチもある事だし、何より相手は一匹だ。

接近してダガーの一撃《いちげき》をくれてやれば仕留められるだろう。

俺はそう判断し、その遠くに見える人影に向かって行った。

別に身を隠《かく》すでもなく、堂々と。

というか、だだっ広い平原では身を隠す場所もない。

かなり人影に近づいたところで、そいつも俺に気づいたのか、こちらに向かって歩いてきた。

自然とダガーを握る手に力が篭《こも》る。

「……ズ……マ……！　カズ…………!!」

俺の遥《はる》か後方から聞こえる声。

何事かと振り向くと、それは俺に向け、何かを叫《さけ》んでいるアクア達だった。

遠目に見れば、アクアとめぐみんが、何かジェスチャーじみた事をやっている。

しばらくそれを見て、何を言いたいのかを把握《はあく》した。

『逃《に》げろ』

そのジェスチャーはそんな意味を示していた。

いや、相手はたかがオークだろうと、俺は再び前を見る。

そいつは既にかなり近くまで接近していて、俺を真っ直《す》ぐに見つめていた。

二人の態度とジェスチャーの様子に、少し不安になった俺は念のため。

もしもに備え、小声で魔法を唱えた。

「『クリエイト・アース』」

左手にこっそりと目潰《めつぶ》し用の土を生成し、不意討《う》ちの準備をする。

チラリと後ろを見ると、二人はオークに向かう俺の姿を見て、慌《あわ》てふためいた様にバタバタしていた。

必死に何度も、逃げろのジェスチャーを送ってくる。

というか、女のお前らの方が逃げろと言いたい。

オークが狙《ねら》うとなれば、女であるお前らだろう、と。

まあ、ここで俺がオークを倒《たお》してしまえば逃げる必要もないのだが。

俺は再び前を向くと、既にお互《たが》いの顔がハッキリと見える位置まで近づいていた。

それは、俺が予想していたオークよりも人に近い姿。

鼻と耳は豚だが、顔の造形はかなり人に近いものがある。

旅人から奪《うば》ったのだろうか、一丁前に服まで着ていた。

そして、特徴《とくちょう》的なのは髪《かみ》がある事。

ザンバラな髪をした、緑色の肌《はだ》を持つオークは、パッと見には本当に人に近い姿をしている。

「こんにちは！　ねえ、男前なお兄さん。あたしと良い事しないかい？」

そいつはメスだった様で、甲高《かんだか》い流暢《りゅうちょう》な言葉を喋《しゃべ》ってきた。

……なんてこった、こいつは予想外だ。

オークにだってメスはいるよな。

いやいや、繁殖力旺盛《おうせい》とは聞いていたし、他種族との交配が可能と書いてはあったが。

パッと見、人に近い姿をしているとはいっても、それはあくまでモンスターとして見た場合で……。

せっかく誘《さそ》ってくれたこのオークには申し訳ないが、これを女性と見れるほど、俺のストライクゾーンは広くない。

俺は当然の事ながら。

「お断りします」

生まれて初めての女性の誘いを、キッパリと断った。

それを聞いてもオークはなんら表情を変える事なく。

「あらそう、残念ね。あたしは合意の上での方が良かったんだけど」

そう言って、ニタリと歯をむき出しにして笑いかけてきた。

ザンバラな髪に黄色い歯、そして全体的に丸い体型。

豚の鼻や耳がなくても、キッパリとお断りしたい相手だ。

というか、合意の上とか何言ってやがるんだコイツは。

「話ができるみたいだから一応頼んでみるが、ここを通して欲しい。通してくれるなら、お礼に食料を分けてもいい。……どうだ？」

食い物を条件にしてみれば、案外通してくれるかも……。

そんな淡《あわ》い期待を込めてみる。

あれ、そういやあの干し肉って何の肉だったたか。

豚じゃないよな？

豚肉だったら共食いをさせてしまう事になるんだが。

俺がそんな事を考えていると、オークが口元に垂れた涎《よだれ》をジュルリと拭《ぬぐ》った。

やはり食べ物は効果が大きかったらしい。

……そんな俺の考えは、次の一言でぶち壊《こわ》された。

「そんな物どうだっていいわ。ここはあたし達オークの縄張《なわば》り。通ったオスは逃《に》がさない。……不思議ね、お兄さん。一見強そうには見えないあんたからは、なぜか強い生存本能を感じるわ。あたしの勘《かん》はよく当たるのよ。あんたとの間には、さぞかし強い子が生まれるでしょうよ。……さあ、あたしと良い事しましょう？」

…………………ええっと。

こいつは、どうやら冗談《じょうだん》で言っていた訳ではないらしい。

困り果てた俺は、遠く後ろにいる連中を振り返った。

二人は、相も変わらず逃げてのジェスチャー。

ダクネスだけが、状況《じょうきょう》が分からないといった表情で、俺の方に参戦しようかと悩《なや》んでいる。

そんな俺の行動を見て、オークも後ろの連中に気づいた様だ。

「あら、あそこにいるのは……。なんだ、全員メスみたいね。彼女達は見逃《みのが》してあげるわ。あんたは、そうねえ……。三日。三日ほどウチの集落に来て頂戴《ちょうだい》？　うふふ、ハーレムよ？　この世の天国を味わわせてあげる。まあ、捕まえた男達は本当に天国に行っちゃうんだけどね！」

そう言いながらニヤリと笑うオークを見て、俺は本能的な恐怖《きょうふ》を覚え魔法《まほう》を唱えた。

「『ウインド・ブレス』ッ！」

「ッ⁉」

隠し持っていた一握《ひとにぎ》りの土を、風の魔法でオークに飛ばす。

不意討ちの目潰しに目をやられ、オークが呻《うめ》きながら身を屈《かが》める。

俺は素早《すばや》く駆け寄ると、ダガーではなく素手《すで》でオークに摑《つか》み掛《か》かった！

5

オークから、ドレインタッチで生命力をギリギリまで吸い、トドメは刺《さ》さずにその場に放置。

徹夜《てつや》明けだった事もあり、生命力が吸えて丁度良かった。

アイツは集落がどうとか言っていた。

退治してしまうと、オークの仲間によるあだ討ちが厄介《やっかい》そうだ。

そう判断し、トドメは刺さずその場に放置してきたのだが……。

オークを倒してしばらく歩いていると、後方から気配を感じた。

振り向けば、それは慌てて俺を追いかけてくるアクア達。

「……どうした？　こんな近くまで来ちゃ俺が先行している意味がないだろ。お前ら、もっと後ろを歩けよ」

そんな俺の言葉に、

「何言ってるんですかカズマ！　カズマはオークを倒してしまったんですよ！　この平原は、オーク達の縄張りです。つまり、この平原を抜けるまでカズマが狙われるという事ですよ！」

めぐみんが強い口調でそんな事を……。

……いやいや。

「俺が狙われるんなら良い事じゃないか。なんのために身軽になったと思ってるんだよ。注意を引いて囮《おとり》になるためだぞ？　つーか俺、お前らがオークに捕まって酷《ひど》い目に遭《あ》わされるところなんて見たくないぞ」

性欲旺盛《せいよくおうせい》なオーク達。

そんなのにコイツらが捕まって色んな目に遭わされるだなんて、想像したくもない。

そう考えていた俺に、アクアが言った。

「そういえば、カズマはこの世界の常識を知らないアンポンタンだったわね。しょうがないからこの私が教えてあげ……いひゃいいひゃい！」

偉《えら》そうに言ってきたアクアの頬《ほお》を引っ張り、俺はめぐみんにどういう事だと促《うなが》した。

「……カズマ、よく聞いてください。現在この世に、オークのオスはいません」

「えええっ!?」

めぐみんの言葉に、なぜかダクネスが悲しげな悲鳴を上げた。

「オークのオス達は、とっくの昔に絶滅《ぜつめつ》しました。今ではたまにオークのオスが生まれても、成人する前にメス達に弄《もてあそ》ばれて干涸《ひから》びて死にます。おかげで、今いるオーク達は混血に混血を重ね、各種族の優秀《ゆうしゅう》な遺伝子を兼《か》ね備えた、もはやオークとは呼べないモンスターです。現在、オークといえば、縄張りに入り込んだ他種族のオスを捕《と》らえ、集落に連れ帰り、それはもう凄《すご》い目に遭わせる、男性にとっての天敵なのです。……そして、その。カズマは……」

めぐみんが、説明しながら最後になると言い難《にく》そうに声を落としていく。

「ま、待て、オークといえば女騎士《きし》の天敵だ！　性欲絶倫《せいよくぜつりん》で、女とみるや即座《そくざ》に襲《おそ》い掛かる、あのオークのオスが……」

「もういません。……カズマはオークのメスを倒してしまいました。彼女達は優秀な遺伝子を持つ強いオスを欲《ほっ》しています。仲間を倒したカズマを、このまま放《ほう》っておく訳ないですよ。……ほら、あんな風に」

ダクネスが打ちひしがれた様にガックリと落ち込む中、めぐみんが指した方向には。

先ほど、俺が生命力を吸って動けなくしたオークを筆頭に、多数のオークのメス達がズラリと立ち並んでいた。

各種族の優秀な遺伝子を兼ね備えてるとは言っていたが、あのオークは、この短時間で失った生命力を回復してしまったのだろうか。

猫耳《ねこみみ》や犬耳のオークがいる事から、色んな種と交配してきたのだと分かる。

そんな獣耳《けものみみ》のオーク達を見ながら、俺は『ただし美少女に限る』という言葉を思い出していた。

俺が先ほど気を失わせたオークが言った。

「あんたって、本当にいい男ね。このあたしを気絶させるだなんて！　……絶対に逃がさない。惚《ほ》れちゃったわよ、どうしてくれるの？　あたし、絶対にあんたの子を産むわ!!」

そんな身の毛もよだつ子作り宣言と同時に、オークが荒《あら》い息で飛び掛かってきた！

「ちょっ!?　待っ……！　ふああああああああああああ！」

俺はなぜこんな目に遭っているのだろう。
本物の神様をぞんざいに扱ってるから
罰が当たったのか？
アクアが大事にしていた変な形の石を、
ゴミだと思って捨てたから？
違うんです神様、あいつ、珍しい物を見つけると、
すぐ何でも拾ってくるんです。
神器の羽衣と俺の下着を一緒に洗ったから？
違うんです神様、あいつの神器と一緒に洗うと、
浄化作用で汚れが簡単に落ちるんです。
心の底から反省してます。
ああ……、だから、どうか神様……！
「最初は男の子がいいわねえ！
オスが六十匹にメスが四十匹！
そして海の見える白い家で、
毎日あたしとイチャイチャするの！」

「神様！　心の底から謝るので、どうか俺をゆるしてくださいっ！」

勘弁《かんべん》してくれっ！　あかん、殺《や》らなきゃ犯《や》られるっ！

俺は迷う事なくダガーを前に突《つ》き出すが、優秀な遺伝子の良いとこ取りしたそのオークは、容易《たやす》く俺のダガーから身をかわし……！

「よおーし！　すぐ済むから。すぐ済むからじっとして、目を瞑《つぶ》りな……！」

あっさりと握《にぎ》っていたダガーを弾《はじ》き、俺を地面に押し倒《たお》した。

バカでした。

この危険地帯で生き抜《ぬ》くオークの力を舐《な》めてました！

「助けてえ！　めぐみん、いつものヤツを！　こいつらまとめてお願いします！」

「こんなに近くで爆裂《ばくれつ》魔法を使うと、私達も巻き込まれてしまいます！　ダクネス、いつまでも落ち込んでないでカズマを何とか……！」

俺はオークに伸《の》しかかられながら、必死に叫《さけ》んだ！

「話をしよう！　話をしようっ!!」

「エロトークなら喜んで！　さあ、話してごらん？　あんたの今までの恥《は》ずかしい性癖《せいへき》をさ！　ふーっ、ふーっ、ふーっ、ふーっ！」

オークが荒い息を吐《は》きながら、俺の着ている上着を左右にビリッと引きちぎる！

ドレインタッチ！

ドレインタッチで体力吸って、今すぐコイツの無力化を！

俺は馬乗りになられながらも下から手を伸ばすが、それをスイッとかわされ、あまつさえ手首を摑まれた。

それだけでは飽《あ》き足らず、手の平をべろりと舐められる。

もう、もう本当に許してくださいっっっっ!!

全身の毛穴が粟立《あわだ》つのを感じながら、もはや絶叫《ぜっきょう》に近い懇願《こんがん》を……！

「やっ、止《や》めてえええええ！　名前を！　そういや俺まだ、あんたの歳も名前も聞いてない！　俺、これが初体験になるかも知れないんだ！　最初は自己紹介《しょうかい》からあああ！　わたくし佐藤和真《さとうかずま》と申します！」

「ピチピチの16歳、オークのスワティナーゼと申します！　さあ、あんたの下半身にも自己紹介してもらおうか！　あんたの自慢《じまん》の息子《むすこ》を紹介しなよ！」

「ウチの息子はシャイなんです！　今日のところは、お互《たが》いの名前を知ったって事でお開きをおおおおおー！　アクアー！　アクアーっ！　助けてえええっ！」

「カ、カズマさーん！」

俺が、まるで少女の様に悲鳴を上げ、アクアが叫んだその時だった。

「『ボトムレス・スワンプ』！」

聞き覚えのあるその声が響《ひび》き渡《わた》ると同時、悲鳴が上がった。

押し倒されたまま首だけで声の方を向くと、そこには大きな泥沼《どろぬま》の中でもがくオーク達の姿がある。

そして、その後ろには……！

「ゆんゆん！　ゆんゆんじゃないかっ！　うっ、うわああああっ！」

俺はその紅魔族の少女を見て、思わず安心して泣き叫んでいた。

「ッ!?」

俺の上に乗っていたオークから、息を呑《の》む様な音が聞こえた。

自分の仲間が突然《とつぜん》出現した沼で溺《おぼ》れさせられ、混乱しているらしい。

ゆんゆんを警戒《けいかい》しながら俺の上から立ち上がるオーク。

俺はそれから逃《に》げる様に、泣きながらゆんゆんの下へと這《は》いずった。

「ゆんゆん！　ゆんゆんっ！　感謝しますうううううっ！」

俺はそのままゆんゆんにすがりつく。

「きゃ……！　ちょ、ちょっとカズマさん!?　だ、大丈夫《だいじょうぶ》、もう大丈夫ですから泣かないで……、あ、あのっ……、大事なローブが……洟塗《はなまみ》れに……なるんです……が……」

困った様にボソボソと何かを言うゆんゆんから目を離《はな》さず、俺を狙《ねら》っていたオークが、チラリと沼でもがく仲間を見る。

どうやら仲間を助けたいらしいが、ゆんゆんを前にして動けない様だ。

アクアが、地にうずくまる俺の傍《そば》に立ち。

「無事で良かったわねカズマ！　……ど、どうしたのカズマ、なに!?」

そんな事を言ってくれるアクアの足に、俺は泣きながらしがみついた。

魔王《まおう》軍の幹部と戦った時ですら、こんなに恐怖《きようふ》を覚えた事はない。

「よしよし、怖《こわ》かったのねカズマ。もう大丈夫、大丈夫よ。皆《みんな》で守ってあげるからね」

そんな事を言いながら頭を撫《な》でてくれるアクアに、不覚にもちょっと安心する自分が情けない。

こちらを警戒するオークをチラリと見ると、ゆんゆんがちょっと恥ずかしそうにしながらも、マントをバサリとひるがえし、ワンドを前に突き出したポーズで宣言した。

「**我が名はゆんゆん。アークウィザードにして上級魔法《まほう》を操《あやつ》る者。紅魔族でも五指に入る魔法の使い手、やがては紅魔族の長《おさ》となる者……！**　紅魔の里の近くに集落を作るオーク達。ご近所のよしみで今回のところは見逃《みのが》してあげるわ。さあ、仲間を連れて立ち去りなさい！」

ゆんゆんの言葉を聞いたオークが、上着を裂《さ》いて、それをロープ代わりに溺れていた仲間へ放った。

「カズマさん、今の内です、行きましょう」

6

オークの縄張《なわば》りの平原地帯を抜け、森の中に入った俺達は、そこで小休止する事にした。

「ゆんゆんがいれば、モンスターは怖くないわね。何よ、もう楽勝じゃないの」

アクアがまたそんな、フラグになりそうな事を言う。

だが、その意見も良く分かる。

上級魔法を操るゆんゆんがいるのは、やはり心強いものだ。

……そして、俺は先ほどからアクアの傍を離れない。

長い付き合いのアクアの傍にいると、何となく安心する。

そんな俺の様子に戸惑《とまど》ったアクアだったが、珍《めずら》しく文句も言わず、ずっと傍にいてくれるのがありがたい。

本当に、ありがたい。

どうやら俺は、先ほどの体験でかなりのトラウマを植えつけられたらしい。

引き裂かれた服を着替《きが》え、預かってもらっていた装備を身につけた俺は、救いの手を差し伸べてくれた救世主に向き直ると。

「ゆんゆん、改めてありがとう。感謝するよ、本当に。どのぐらい感謝しているかといえば、これからの人生で『尊敬する人は？』と聞かれたなら、ゆんゆんですと即答《そくとう》するぐらいに感謝してる」

「や、止めて下さい、それ、何かの嫌《いや》がらせみたいですから！」

アクアの羽衣《はごろも》の端《はし》を握り締《し》めたまま、感謝の言葉を述べる俺に、恥ずかしそうに困るゆんゆんが。

「ところで、皆はなぜこんな所に？　めぐみんも、やっぱり里の皆が心配になったの？」

と、めぐみんに向けそんな事を言ってきた。

「え、ええ、妹が！　妹が心配になりましてね、ほら、あの子は色々と無茶《むちゃ》をやらかす子ですから」

「そ、そうね。魔法も使えないのに好戦的な子だもんね」

めぐみんの言葉にゆんゆんが納得《なっとく》するが。

「……な、何ですか、皆してニヤニヤして」

ゆんゆん以外の三人でニヤニヤと見ていると、めぐみんが気まずそうにそっぽを向いた。

俺はコーヒーが入ったマグカップを、両手で包み込む様にして持ちながら。

それをゆっくりすすっていると、先ほどオークに追われ、ボロボロにされた俺の心が、徐々《じょじょ》に癒《い》やされていくのを感じていた。

自分のマントに包《くる》まりながら、皆を見てしみじみと。

「**……お前ら、揃《そろ》いも揃って綺麗《きれい》な顔してるよな**」

街道《かいどう》沿いの森の中、俺の言葉に皆が固まった。

「ど、どうしたのかしら。カズマが、いつも言動のおかしいカズマが、今日は特におかしいわ！」

「お、落ち着け！　コイツは何かを企《たくら》んでいる。上げて落とすのが大好きなカズマの事だ。素直《すなお》に喜んだところできっと何か罠《わな》がある！」

アクアとダクネスが、そんな失礼な事を言ってくる。

めぐみんは、そっぽを向いたまま口元をムニムニさせて、何を企んでいるんだろうとでも言いたげに、俺をチラチラ見てきた。

そしてゆんゆんは、頬《ほお》を赤くさせながらオロオロしている。

オークから無事逃げ果《おお》せ、深く安心していた俺は、四人を見て改めて息を吐く。

「**お前らって、本当、美人だよな**」

「どうしたのかしら！　ねえどうしたのかしら！　カズマが変よ、どうしたのかしらっ！」

「落ち着けアクア！　まずはカズマに回復魔法をかける事から始めるんだ！」

「……ッッッツ────ッ！」

バタバタと騒《さわ》がしい二人と、何かを警戒するかの様なめぐみん。

そして、赤くなって俯《うつむ》くゆんゆんを眺《なが》めながら、俺はしみじみとオーク達から逃《のが》れられた喜びを嚙《か》み締めていた。

7

「──めぐみんは、学校生活時代は魔法学でも魔力《まりよく》量においても、常に一番の成績で……。里の人達もこぞって、天才だ天才だって期待してて……。そんなめぐみんが、爆裂魔法しか使えない欠陥魔法使《けつかんまほうつか》いに成り下がっただなんて知られたらと思うと……」

「おい、欠陥魔法使い呼ばわりはよしてもらおうか。一応魔法の威力《いりよく》だけならば、間違《まちが》いなく紅魔族随一《ずいいち》なはず。嘘偽《うそいつわ》りなんて言っていない。我が人生のほぼ全《すべ》てを捧《ささ》げている爆裂魔法の悪口はやめてもらおう」

休憩《きゅうけい》を終え、里へと向かう道すがら。

「爆裂魔法の使いどころなんてどこにあるのよ！　ダンジョンでは威力が高すぎて崩落《ほうらく》の恐《おそ》れがあるから使えない！　射程は一番長いけれど、威力が高すぎて接近されたら自分も仲間も巻き込むせいで使えない！　よほどの高レベル魔法使いですら、一撃《いちげき》打てばまず二発目は使えない、非効率的な魔力消費！　唯一《ゆいいつ》の長所の威力にしたって、どう考えたってオーバーキルでしょ！　爆裂魔法なんて、誰《だれ》も取らない、スキルポイントだけをバカ食いするネタ魔法じゃない！」

先ほどからゆんゆんが、めぐみんに何かと絡《から》んでいた。

何でもめぐみんは、里の人達には爆裂魔法しか使えない事を内緒《ないしょ》にしているのだそうな。

それでゆんゆんが、ボロが出ない様にと散々釘《くぎ》を刺《さ》しているのだが……。

と、めぐみんが真っ向からゆんゆんに向き直り。

「……言ってくれましたねゆんゆん。言ってはいけない事を言いましたね。この私の名を馬鹿《ばか》にするよりも、最も言ってはいけない事を言いましたね！」

「な、なによ、やる気？　勝負なら受けて立つわよ。もうめぐみんには負けないんだから！」

ゆんゆんは警戒しながら、めぐみんから距離《きょり》を取る。

めぐみんは、そんなゆんゆんを一瞥《いちべつ》すると……！

「カズマ。ゆんゆんの恥《は》ずかしい秘密を教えてあげましょう。実は我々紅魔族には、生まれた時から体のどこかに刺青《いれずみ》が入っているのですよ。個人によって入っている場所は違《ちが》うのですが、ゆんゆんの体に刻まれている刺青の場所は、なんと……」

「やめて、ちょっとカズマさんに何を言うの！　ていうか、なんで刺青の場所を知ってるのよ！　こんなところじゃ爆裂《ばくれつ》魔法なんて使えないでしょう!?　魔法が使えないめぐみんなんて、取り押さえる事ぐらい簡単にできるんだからね！」

半泣きのゆんゆんが突《つ》っかかっていくが、それをめぐみんはヒラリとかわし。

「アクア、支援《しえん》魔法をください！　この子に痛い目見せてやります！」

「ひ、卑怯《ひきょう》者！　めぐみんはやっぱりズルい！　昔からずっとズルいっ！」

と、その時。

喧嘩《けんか》する二人の大声が呼び寄せたのだろうか。

「——おい、こっちだ！　やっぱりこっちから、人間の声が聞こえてきやがる!!」

耳障《みみざわ》りな甲高《かんだか》い声が、森の奥から聞こえてきた！

「おい二人とも、どうやら敵に聞きつけられた様だぞ！　そろそろ静かに！」

ダクネスが身を屈《かが》めながら、二人を鋭《するど》く叱咤《しった》する。

「短気なゆんゆんが、いつまでも大声を出しているからですよ！」

「私よりめぐみんの方が短気じゃない！　昔から、後先考えずに無鉄砲《むてっぽう》な事ばかりやらかしたり！　ちょむすけだってさっきから、帽子《ぼうし》の中から出てこようとしないじゃないの！」

「なにおう!!」

「二人ともいい加減静かにしろっ！　大声を出すと見つかると言っているだろうに！　おいカズマ、お前も何とか言ってやれ！」

まだ喧嘩を続ける、めぐみんとゆんゆんの頭を押さえ、ダクネスが茂《しげ》みに隠《かく》れる。

声こそは出さないが、未《いま》だ無言で取っ組み合う二人に俺は叫《さけ》んだ。

「おい、そんな事よりも、ゆんゆんの刺青の場所を詳《くわ》しくっ！」

「見つけた、ここだ！　こんなところに人がいるぞー!!」

「お前という奴《やつ》は！　お前という奴はっ!!」

8

「紅魔族を二匹《ひき》見つけた！　残りは冒険者《ぼうけん》風の人間だ！　おい、こっちだ、こっちに来い！　子供の紅魔族が二匹もいる！　今がチャンスだ、大手柄《おおてがら》だっ！」

それは一匹の、鎧《よろい》を着たモンスター。

耳が尖《とが》り、赤黒い肌《はだ》をした、筋骨隆々《りゅうりゅう》ではなくスリムな鬼《おに》。

額に一本の角を生やし、ギラつく視線をめぐみん達から離《はな》さない。

その姿を見て、茂みに隠れていたアクアとダクネスが立ち上がり……！

「んー？　あんた、見た感じ下級の悪魔《あくま》モドキじゃないですかやだー！　下級悪魔にすら昇格《しょうかく》できない、鬼みたいな悪魔崩《くず》れがなんですか？　なんですか？　あんたみたいな下級モンスター相手だと、破魔《はま》の魔法《まほう》が効かないのよね。良かったわね、悪魔の成り損《そこ》ないで！　プークスクス！　今は悪魔崩れのモンスターに構ってる暇《ひま》ないの。ちゃんとした悪魔に昇格できたなら相手してあげるわ。今日は見逃《みのが》してあげるからあっちへ行って。ほら、あっちへ行って！」

挑発《ちょうはつ》しているのか脅《おど》しているのか分からないアクアの言葉に、鬼みたいなモンスターがギリッと歯を食いしばる。

それを見て、ダクネスが無言で大剣《たいけん》を抜《ぬ》いて前に出た。

鎧を着ているのを見るに、コイツは紅魔族と交戦中の魔王軍《まおう》だろうか。

紅魔族の里へは近いのだ、魔王軍の連中がウロウロしていてもおかしくない。

手に短めの槍《やり》を握《にぎ》ったそいつは、赤黒い顔を更《さら》にドス黒くして、怒《いか》りをあらわにこちらを睨《にら》む。

と、その後ろからバラバラと、似たような姿の連中が現れた。

手に持つ得物はマチマチだが、それぞれが武装している魔物《まもの》の兵士だ。

ちょっとこれはまずいだろ。

というか、数が多い……、多いって！

「見逃してやるとか聞こえたんだが。おい、そこのプリースト、なんだって？　……散々煮《に》え湯を飲まされている紅魔族の子供が二匹だ。見逃してやる訳がねえだろうが！　おい、八つ裂《ざ》きにしちまえ！」

その鬼の後ろには、二十を超《こ》える同じ姿のモンスターが。

と、ゆんゆんが一歩前に出て……！

「『ライト・オブ・セイバー』ッ！」

叫ぶと同時に、手刀で斜《なな》めに空を切る。

すると、手刀の後を追う様に、シュッと光の筋が走り抜けた。

光が通り過ぎると同時、数匹の鬼が体の一部を切り落とされ、そのまま地に崩《くず》れ落ちる。

「かっ、囲め囲め！　周りを囲んで一度に襲《おそ》えばどうにもできねえ、まずはあの紅魔の娘《むすめ》を殺《や》っちまえ！」

仲間の崩れ落ちる姿を見て、激高《げっこう》した鬼が叫んだ。

ゆんゆんを囲もうとする鬼を牽制《けんせい》するかの様に、ダクネスがゆんゆんと鬼達の間に立ち塞《ふさ》がる。

アクアが、前に出るダクネスに支援魔法をかける中。

「ゆんゆん、先ほどはよくもネタ魔法と言ってくれましたね！　ネタ魔法の破壊《はかい》力を、あなたに久しぶりに見せつけてあげます！」

「えっ!?　ちょ、ちょっと待ってよ、まさかっ!?」

「『エクスプロージョン』ーッッ!!」

慌《あわ》てるゆんゆんを無視して、めぐみんが、遠巻きに見ていた魔王の手先を大量に巻き込んで爆裂魔法を炸裂《さくれつ》させた。

辺りの木々が根こそぎ吹《ふ》き飛ばされ、その威力を目《ま》の当たりにした鬼達が目を見張る。

粉塵《ふんじん》が晴れた後には、巨大《きよだい》なクレーター以外には何も残ってはいなかった。

「見ましたか、我が奥義《おうぎ》爆裂魔法を！　さあ、これでもまだネタ魔法と言いますか!?　どうですカズマ、今の爆裂魔法は何点ですか!?」

「マイナス九十点をくれてやる！　いきなり魔力使い果たしやがって、どうすんだこの大バカが！　敵はまだまだいるんだぞ、お前をおぶって逃《に》げられる訳ねーだろーが！」

「カ、カズマさん！　そんな事言ってる内に、今の音を聞きつけて、また新手がっ!!」

魔力を使い果たして地面に転がるめぐみんを、俺は無理やり抱《だ》き起こしながら。

「おいどうすんだ！　お前、あいつら相手に戦えるのか!?」

なぜかやたらと自信満々で前に出たがるアクアに向けて、ドレインタッチでめぐみんに魔力を補充《ほじゆう》しながら呼びかけた。

俺の言葉に、アクアが首をクリクリとひねってみせる。

……どうも、ゴキゴキと首を鳴らしたかったらしい。

そのまま、地を何回かザッザッ、と蹴《け》り、体を半身にして拳《こぶし》を構え。

「ふふっ、よく思い出して頂戴《ちようだい》。まさか、私の事を回復魔法しかない女だと思っていないかしら？　この私は、全てのステータスがカンストしているアクア様よ！　あんな雑魚《ざこ》悪魔が相手なら、片手で十分。まあ見てなさいな、たまには女神《めがみ》らしいところを見せてあげるわ！」

……これはいけない。

もうこの後の展開が目に見えるので、俺はめぐみんへの魔力の補充もそこそこに、肩《かた》を貸しながら立ち上がらせた。

見れば魔王軍の鬼達は、一時は爆裂魔法に怯《ひる》んだものの、今では気を取り直して再び包囲を狭《せば》めていた。

こっちにはいくらゆんゆんがいるとはいえ、さすがに多勢に無勢だろう。

魔力切れのめぐみんを連れたままでどこまで逃げられるかだが、どれだけいるかも分からない魔王軍を相手にはしてられない。

「アクア、逃げるぞ！　変なポーズとって威嚇《いかく》していないでとっとと来い！」

魔王の手先相手にちょろちょろと色んなポーズで威嚇するアクア。

俺がアクアに背を向けて、皆《みんな》に撤退《てったい》を呼びかけようとしていると、アクアが小さく呟《つぶや》いた。

「……あっ」

その声に振《ふ》り向くと、遠くに見えるのは、必死の形相でこちらに向かって来る新手の魔王の手先だった。

それらが皆、武器を構えるでなく、その場に武器を投げ捨てながらこちらに向かって駆《か》けて来ていた。

………!?

何事だと思ったその時。

——突如《とつじょ》として、何もない空間から黒いローブを着た四人の集団が現れた。

いや、全員が黒いローブではない。

二人は、黒色の、ライダースーツみたいなツナギを着て、指先の無い手袋《てぶくろ》をはめていた。

その集団は、それぞれが短めの杖《つえ》を持っていたり、何も持っていなかったりと、武器の類《たぐ》いはマチマチだ。

他《ほか》にもまだその辺に隠れているのかも知れないが、現れたのはその四人。

持っている武器や服装もマチマチだが、一つだけ。

その連中には共通して言える事があった。

それは、彼らの瞳《ひとみ》が紅《あか》い事。

現れた黒ずくめの集団は、めぐみんやゆんゆんと同じ、深い真紅《しんく》の瞳をしていた。

そう、彼らは紅魔族だ。

何もない空間から突然《とつぜん》現れた様に見えたのは、今まで魔法で姿を隠していたからなのだろう。

そして、魔王の手先がこちらに必死で逃げているのは、きっと俺達に気づき、襲い掛《か》かって来ていたのではなく、いち早く紅魔族の襲撃《しゅうげき》に気がついて、慌ててこちらに逃げて来たのだ。

その証拠《しょうこ》に、魔王の手先が今更《いまさら》ながらに足を止め、追って来る紅魔族と俺達四人を、戸惑《とまど》った様に交互《こうご》に見ていた。

やがてそいつらは、俺達四人の方が与《くみ》しやすいと踏《ふ》んだのだろう。

こちらに向けて駆け出そうと……！

した、その瞬間《しゅんかん》。

「肉片《にくへん》も残らずに消え去るがいい、我が心の深淵《しんえん》より生まれる、闇《やみ》の炎《ほのお》によって！」

「もうダメだ、我慢《がまん》ができない！　この俺の破壊衝動《はかいしょうどう》を鎮《しず》めるための贄《にえ》となれえーっ！」

「さあ、永久《とこしえ》に眠《ねむ》るがいい……。我が氷の腕《かいな》に抱《いだ》かれて……！」

「お逝《ゆ》きなさい。あなた達の事は忘れはしないわ。そう、永遠に刻まれるの……。この私

くと。

彼らは魔法で身体能力を強化していたのだろうか、あっという間に魔王の手先に追いつ
きっと、それぞれの決め台詞《ゼリフ》か何かだったのだろう。

それは、魔法の詠唱《えいしょう》……、ではなく。

の魂《たましい》の記憶《きおく》の中に……！」

やがて、全員がまったく同じ魔法の詠唱を開始した。

それを見て、魔王の手先が手を突《つ》き出し……！

「ちょっ……！　待っ……！　やめっ……！」

魔王の手先の一人が何かを言おうとしたが、既《すで》に紅魔族の魔法は完成していた。

「『ライト・オブ・セイバー』！」

「『ライト・オブ・セイバー』ッ！」

「セイバーッ！」「セイバーーッッッ！」

次々と叫《さけ》ぶと同時、彼らの手刀が輝《かがや》いた。

その輝く手刀が魔王の手先に向かって、次々と振るわれる。

やがて……。

その場には、ズッタズタにされた魔王の手先の残骸《ざんがい》があるだけとなっていた。

何これ怖《こわ》い、紅魔族超《ちょう》怖い！

数の多かった魔王の手先の方が逃げる訳だよ！

さっきまでお前らが決め台詞で言っていた、闇の炎だの氷の腕だのはどこにいったなんて、そんなツッコミすら躊躇《ちゅうちょ》するほどに恐《おそ》ろしい。

……と、その紅魔族の一人が俺達に視線を向けた。

先ほど、魔王の手先相手に肉片も残らずに消え去るがいい、だの言っていた男が。

「遠く轟《とどろ》く爆発《ばくはつ》音に、魔王軍遊撃《ゆうげき》部隊員と共にこんな場所まで来てみれば……。めぐみんとゆんゆんじゃないか。なんでこんなところにいるんだい？」

そんな普通《ふつう》の口調で気さくに話しかけてきた。

めぐみんがそれを受け、よろめきながらも立ち上がると。

「靴屋《くつや》のせがれのぶっころりーじゃないですか。お久しぶりです。里のピンチだと聞いて、駆けつけてきたのですよ」

めぐみんの言葉に、「ピンチ？」と首を傾《かし》げるぶっころりー。

……ん？

と、そんな中他の紅魔族も、こちらを興味津々《きょうみしんしん》といった感じで眺《なが》めている。

ぶっころりーと呼ばれたその男は、

「ところでめぐみん、こちらの人達は君の冒険《ぼうけん》仲間かい？」

と、そんな事を尋《たず》ねてきた。

それに、少しだけ嬉《うれ》しそうにはにかみながら、めぐみんがコクリと頷《うなず》く。

それを見て、ぶっころりーがいたく真剣《しんけん》な表情を浮《う》かべ、ローブをバサッと翻《ひるがえ》し。

「我が名はぶっころりー。紅魔族随一《ずいいち》の靴屋のせがれ。アークウィザードにして、上級魔《ま》法《ほう》を操《あやつ》る者……！」

突然そんな自己紹介《しょうかい》を始めるぶっころりー。

本来ならば唖然《あぜん》とするところなのだろうが、俺は既に、めぐみんとゆんゆんの二人によって耐性《たいせい》がついている。

「これはどうもご丁寧《ていねい》に、我が名は佐藤和真と申します。アクセルの街で数多《あまた》のスキルを習得し、魔王《まおう》の幹部と渡《わた》り合った者です。どうぞよろしく」

俺が何となく、軽く相手に合わせた自己紹介をすると。

「「「おおおおーっ！」」」

突然、紅魔族の人達がそんな驚《おどろ》きの声を上げた。

「素晴《すば》らしい、実に素晴らしいよ！　普通の人は、俺達の名乗りを受けると微妙《びみょう》な反応をするものなんだけど……！　まさか、外の人がそんな返しをしてくれるだなんて！」

ぶっころりーの言葉に他の紅魔族がウンウンと頷く中。

「……カズマ、ぶっころりー達と随分《ずいぶん》仲が良さそうですね！　私の自己紹介の時には、そんな返しはしてくれなかったのに！」

めぐみんが、そんな妙《みょう》な事を口走り出した。

何だろう、これはどう反応したらいいものなのだろう。

普通なら、妬《や》いてるのかと、ちょっとドキドキするところなのだが。

相手は年上の兄ちゃんで、しかも妬く意味がサッパリ分からない。

……が、紅魔族の感性からすると何かイラッとくるものなのだろうか。

何だろうコレ。

妬かれてる気も全くしないしちっとも嬉しくない。

ラブコメめいたものに発展する色気もまったく感じられない。

何これと、俺が悩《なや》む中。

「我が名はアクア！　崇《あが》められし存在にして、やがて魔王を滅《ほろ》ぼす者！　そしてその正体は水の女神！」

突然、誰《だれ》かに求められたわけでもないのにそんな自己紹介を始めたアクア。

どうやら紅魔族の連中に早速影響《さっそくえいきょう》されたらしい。

「「「「そうなんだ、凄《すご》いですね！」」」」

「待ってよー！　なんで？　ねえ、なんで私だけ、いつもそんな反応なの!?」

喚《わめ》くアクアから視線を外し、紅魔族の人達が期待を込めた目でダクネスを見る。

それを受けて、ダクネスがたじろぎながら……！

「わ、我が名はダスティネス・フォード・ララ……ティー……ナ……。アクセルの街で……うううう……っ！」

皆の期待に応《こた》えようとするも、恥《は》ずかしいのか、注目を集めながら徐々《じょじょ》に声が小さくなっていくダクネス。

無理すんな。

恥ずかしさに涙目《なみだめ》になり、頰《ほお》を染めてボソボソ言うダクネスを、ニコニコと見ていたぶっころりーが、高らかに魔法の詠唱を開始した。

「めぐみん、いい仲間で何よりだね。ここからだと里まではまだ距離《きょり》がある。さあ、案内するよ外の人。テレポートで送ってあげよう！」

ぶっころりーはそう言うと、テレポートの魔法を唱えた。

いきなりのテレポートに視界内がグニャリと曲がり、立ちくらみと共に辺りの景色が一変する。

そこは、のどかという言葉が似合いそうな小さな集落。

呆然《ぼうぜん》と里を眺める俺達に、ぶっころりーが笑顔《えがお》を見せた。

「紅魔の里へようこそ、外の人達。めぐみんとゆんゆんも、よく帰ってきたね!!」

第三章 この痛ましい里で休息を！

1

「それじゃ俺達は、哨戒《しょうかい》任務に戻《もど》るから」

ぶっころりーは、そう言って俺達から距離を取る。

そして他《ほか》の三人と寄り集まると何かを唱え……！

「それでは！」

そのまま小さく魔法を唱えると、ぶっころりー達は忽然《こつぜん》と姿を消した。

すっげえ、本物の魔《ま》法使《ほうつか》いって感じだ。

テレポートでまた戦場へと戻っていったのか……！

「なんかあの人達格好いいな。戦闘《せんとう》のエキスパート集団って感じで」

俺が、彼らが消えた場所から未《いま》だ目を離《はな》せずに惚《ほ》れ惚《ぼ》れしながらそんな事を呟《つぶや》くと、

「そうですか。それを聞いて、きっとその辺で四人も喜んでますよ」

めぐみんが、俺に肩《かた》を貸されながらそんな事を……。

「……その辺で喜んでいる？　もうあの人達はテレポートで飛んでっちゃったじゃないか」

その俺の言葉に、今度はゆんゆんが。

「光を屈折《くっせつ》させる魔法で消えたんですよ。テレポートの魔法は魔力《まりょく》を大量に消費しますから、戦闘の後に日に何度もテレポートなんて使ったら、魔力は殆《ほとん》ど残りませんし。格好良く立ち去る演出のために姿を消したんだと思いま……あいたっ!?」

突如《とつじょ》、先ほどまで彼らがいた所から小石が飛び、それが、言いかけていたゆんゆんの頭にコツと当たった。

余計な事を言うなとばかりに。

……そこにいるのか。

「ちなみに。光の屈折魔法は術者の指定した人や物の、数メートル内に結界を張り、その結界内を周囲から見えなくする魔法です。……なので、近くに寄れば見えますよ」

めぐみんが何気なく言ったその言葉に、アクアが無言で踏《ふ》み出した。

「……ッ！」

息を呑《の》む様な音と共に、何かがズザッと後ずさる。

それを聞いたアクアが、ジッとそこを見つめたまま動かなくなり……。

「…………………」

突然《とつぜん》、アクアがそちらに向かって駆《か》け出した。

「「「「ッ⁉」」」」

同時に、複数名が慌《あわ》てて逃《に》げていく音がする。

や、止《や》めてやれよ……。

嬉々《きき》として、見えない何かを追いかけ回しているアクアは放《ほう》っておき、俺達も里の中へ足を踏み入れた。

とりあえず、事情を聞くためにゆんゆんの実家へと向かう事に。

やがてアクアが、もう追いかけるのには飽《あ》きたのか帰って来た。

「ねえ、あの人達やるわね。この私の足でも追いつけなかったわ」

頭や運以外は高ステータスのアクアが追いつけないとは。

最後の立ち去り方は微妙《びみょう》だったが、確か、魔王《まおう》軍遊撃《ゆうげき》部隊だのと言っていた。

きっと紅魔の里のエリート達なのだろう。

そう思っていた俺の憧《あこが》れじみた幻想《げんそう》を、めぐみんがあっさりと。

「肉体強化魔法《まほう》でドーピングして逃げたんでしょう。日頃《ひごろ》ゴロゴロしているニート集団に、そこまでの体力があるとも思えません」

……そんな、聞き捨てならない事を言って砕《くだ》いてくれた。

「……ニート集団？　いや、魔王軍遊撃部隊なんだろ？　哨戒任務があるって立ち去って行ったぞ」

俺の質問に、

「あの人達は仕事にあぶれた暇《ひま》な人達ですよ。他の街にでも行って冒険《ぼうけん》者でもやれば引っ張りだこでしょうに、里を出たがらず、親元を離れない人達です。日頃暇を持て余していて、その辺の人達にフラフラしていると見られない様、ああして勝手に魔王軍遊撃部隊を名乗り、里の周りをウロウロしているのですよ」

めぐみんが、あまり聞きたくなかった情報を教えてくれた。

それじゃ何か？

この里ではニートですらあんな高スペックなのか？

そんな俺の感情を読み取ったのか、ゆんゆんが。

「紅魔族は大人になれば、全員が上級魔法を覚えるんです。里の者の職業は、全員がアークウィザード。上級魔法を覚えたら、後は、ポイントが許す限り色んな魔法を習得していきます。それが常識なのに……」

そう言いながら、めぐみんをちらりと見た。

めぐみんはそんな視線をどこ吹《ふ》く風とばかりに無視し、懐《なつ》かしの自分の里をキョロキョロと見回している。

紅魔の里は、小さな農村といった大きさの集落だ。

ちらほらと見える紅魔族達の表情は、緊迫《きんぱく》した様子でもなく、春の陽気のせいか、呑気《のんき》に欠伸《あくび》している者もいる。

ハッキリ言って、魔王軍と交戦中には見えないのだが……。

「……む、これは随分《ずいぶん》見事なグリフォンの石像だな。名うての彫刻家《ちょうこくか》が彫《ほ》った物か？」

ダクネスが、ふとそんな事を言って、里の入り口前の石像をぺたぺた触《さわ》った。

なるほど、確かに今にも動き出しそうな程《ほど》リアルなグリフォン像が……。

「それは里に迷い込んできたグリフォンを、石化の魔法で石に変えた物ですよ。格好良いので観光名所として残しておこうという話になりまして。現在では、主に待ち合わせ場所に使われてますね」

な、なんて無茶《むちゃ》な観光名所だ。

と、めぐみんの言葉を受けて、石像に興味を持ったアクアが、ぺたぺた触りながら何かを唱えている。

「……お前、それ何の魔法を使おうとしてんの？」

「状態異常を治す魔法よ？　私、生きて動いてるグリフォンを見た事なくて」

俺達はアクアを取り押さえると、事情を聞くべくゆんゆんの実家へ向かう事にした。

2

——里の中央に位置する大きな家。

テーブルを挟《はさ》んでソファーに座る中年の男が、眉間《みけん》に皺《しわ》を寄せていた。

族長宅の応接間に通された俺達は、目の前の中年の男性こと、ゆんゆんの親父《おやじ》さんに衝撃《しょうげき》の事実を聞かされた。

「いや、あれはただの、娘《むすめ》に宛《あ》てた近況《きんきょう》報告の手紙だよ。手紙を書いている間に乗ってきてしまってな。紅魔族の血が、どうしても普通《ふつう》の手紙を書かせてくれなくて……」

「ちょっと何を言っているのか分かんないです」

族長に即座《そくざ》にツッコむ俺の隣《となり》では、ゆんゆんがポカンと口を開けている。

「……えっ？　あの、お、お父さん？　その、お父さんが無事だったのはとても嬉《うれ》しいんだけど、もう一度言ってくれない？　まず、手紙の最初に書いてあった、『**この手紙が届く頃《ころ》には、きっと私はこの世にいないだろう**』っていうのは……」

「紅魔族の時候の挨拶《あいさつ》じゃないか。学校で習わなかったのか？　……ああ、お前とめぐみんは、成績優秀《ゆうしゅう》で卒業が早かったからなあ」

「……。魔王軍の軍事基地を破壊《はかい》する事もできない状況《じょうきょう》だって……」

「ああ、あれか？　連中は、随分立派な基地を作ってなあ。破壊するか、このまま新しい観光名所として残すかどうかで、皆《みな》の意見が割れているんだよ」

「なあゆんゆん。お前の親父さんを一発ぶん殴《なぐ》ってもいいか？」

「いいですよ」

「ゆんゆん!?」

愕然《がくぜん》とする族長に、ダクネスが首を傾《かし》げた。

「……ん？　ちょっと待ってくれ。魔王軍の軍事基地は建設されたと言ったな。なら、魔王軍の幹部が来ているというのは……」

「ええ、手紙の通り、魔法に強いのが派遣《はけん》されてきてますよ。ああ、そろそろ来る頃かな。よかったら見ていきますか？」

族長が、気楽に誘《さそ》ってきた、その時だった――

『魔王軍警報、魔王軍警報。手の空いている者は、里の入り口グリフォン像前に集合。敵の数は千匹《びき》程度と見られます』

カンカンという鐘《かね》の音と共に、里に流れるアナウンス。

「「せっ!?」」

俺とダクネスが驚《おどろ》きの声を上げる中、三人の紅魔族は平然とした顔をしている。

こいつらは千匹という数字が聞こえなかったのだろうか。

この集落の規模では、里の人口はせいぜい三百人程度といったところだ。

三倍以上の魔王軍の兵を相手に、この余裕《よゆう》はなんなんだろう。

「魔王軍が千匹、ね。とうとう、女神《めがみ》の真の力を行使する時がきたようね」

出されたお茶をすすりながら、珍《めずら》しく大人しくしていたアクアが、突然そんな事を言い出した。

コイツはこの里に来てから、どうもおかしな影響《えいきょう》を受けまくっている気がする。

頼《たの》むから、これ以上バカをこじらせないで欲しい。

驚きで中腰《ちゅうごし》状態になっているダクネスに、めぐみんが落ち着いた声音《こわね》で言った。

「慌てなくても大丈夫《だいじょうぶ》ですよ。ここは強力な魔法使《まほうつか》いの集落、紅魔の里です。皆も見てみますか？」

3

……凄《すご》かった。


「うわっ！　うわあああああああっ!!」

「シルビア様！　シルビア様ーっ!!　撤退《てったい》を！　どうか、あなた様だけでも撤退を！」

「畜生《ちくしょう》、畜生っ！　せめて連中に近づければ一矢報《いっしむく》いられるのに……っ！」

「だから紅魔の里を攻《せ》めるのは反対したんだ、だから俺は行きたくないって……！」

里の入り口に辿《たど》り着くことすらできずに、次々と魔王の手先が力尽《ちからつ》きていく。

千を超《こ》える相手に対して、こちらはわずか五十人ほど。

その、五十人ほどの紅魔族達が……。

「『ライトニング・ストライク』！」

「『エナジー・イグニッション』」

「『フリーズガスト』ッ！」

「『カースド・ライトニング』ッッッ！」

魔王軍の先鋒《せんぽう》に対し、情け容赦《ようしゃ》なく上級魔法の雨あられを降らせていた。

「すっげー……。なんか、ここまで凄いとちょっと引くわー……」

もはや、それは戦闘《せんとう》と言えるものではなく、一方的な蹂躙《じゅうりん》だった。

魔王《まおう》軍の兵達の頭上に空から雷《かみなり》が直撃《ちょくげき》したかと思えば、十を超える鬼《おに》達が脈絡《みゃくらく》もなしに燃え上がる。

白い霧《きり》に囲まれた者達が氷の彫像《ちょうぞう》にされたかと思えば、黒い稲妻《いなずま》が迸《ほとばし》り、魔王軍の兵士の胸に風穴を開けた。

……と、魔王軍の人垣《ひとがき》がど真ん中から割れ、ドレスをまとった美女が前に出てきた。

「あんた達！　アタシが壁《かべ》になってあげるから後に続きなさいな！　上級魔法は次弾《じだん》を放つまでに時間がかかるわ。その隙《すき》に……!!」

あの綺麗《きれい》な人が魔王軍の幹部なのだろうか？

胸元《むなもと》が大きく開いたドレスを着た、一見すると人間にしか見えない長身の美女。

右の耳には青いピアスが輝《かがや》き、ドレスの派手さとは対照的に清楚《せいそ》なイメージも窺《うかが》わせている。

その美女に相対する様に、一組の男女が前に出た。

男の人の方には見覚えがある。

さっき俺達を送ってくれたぶっころりーだ。

ぶっころりーが紅《あか》い瞳《ひとみ》を輝かせ、両手を前に突《つ》きだした。

俺は、めぐみんとの長い付き合いで知っている。

紅魔族の瞳の色が紅い輝きを増すのは、感情が昂《たか》ぶっている時と……、

「『トルネード』ッッッ!!」

大量の魔力《まりょく》を注ぎ込んだ、大魔術《だいまじゅつ》を行使する時だ。

ぶっころりーの放った魔法は魔王軍のど真ん中に巨大《きょだい》な竜巻《たつまき》を発生させた。

多くの兵士達が、抗《あらが》う事すらできずに空高くに巻き上げられる。

後は大地に激突《げきとつ》し、あっけなく命を狩《か》られるのだろう。

と、ぶっころりーの隣にいたえらく綺麗な女の人が、同じく紅い瞳を輝かせ、左手を前に突きだした。

その女性は紅魔族にしては珍しく、右手に武器を下げている。

よく見ると、それはドラゴンの彫刻がなされた木刀だった。

紅魔族が持っているくらいだ、あれは魔法《まほう》の武器か何かなのだろうか？

左手を前に突きだした女の人は、右手の木刀を一振《ひとふ》りすると。

「『インフェルノ』！」

未《いま》だ吹き荒《あ》れている竜巻の直中《ただなか》に、強烈《きょうれつ》な炎《ほのお》の嵐《あらし》を巻き起こした！

4

紅魔族による戦闘を見物した俺達は、めぐみんの家へと向かっていた。

あれからゆんゆんは、例の手紙を寄越《よこ》したあるえという友人を制裁してくると言って、別れていった。

俺は先ほどの紅魔族の魔法を思い出しながら、

「いやー、良い物見たわ。アレが本物の紅魔族って奴《やつ》か」

「本物がいるという事は偽物もいるという事ですね。おい、偽物の紅魔族とやらはどこにいるのかを聞こうじゃないか」

今にも噛《か》みつきそうなめぐみんに肩《かた》を貸し、こぢんまりとした木造の平屋の前に立っていた。

何というか、失礼ながら一般《いっぱん》家庭よりも貧乏《びんぼう》そうな家だ。

魔力切れでだるいのか、めぐみんは疲《つか》れが滲《にじ》んだ表情で玄関《げんかん》のドアをノックする。

やがて、家の中からドタドタと駆《か》けてくる音が聞こえてきた。

玄関のドアがそっと開けられ……。

中から、めぐみんによく似た小学校低学年ほどの女の子が現れた。

「ほう、めぐみんの妹か？　随分《ずいぶん》と可愛《かわい》らしい子だな」

ダクネスがついつい顔を綻《ほころ》ばせ。

「なんか、ちっこいめぐみんが現れたんですけど。ねえ小めぐみん、飴《あめ》ちゃん食べる？」

アクアがどこからともなく飴を出す中……。

「こめっこ、ただいま帰りましたよ。良い子にしていましたか？」

俺に肩を貸されたまま、めぐみんがその子に優《やさ》しい声で話しかける。

こめっこ……。

先ほどのぶっころりーといい、もう紅魔族の名前に一々反応もしなくなった俺は毒されてきたのだろうか。

と、こめっこがめぐみんを見て固まった。

感動の再会というヤツだ。

こめっこは驚いた様に目を見開き、息を大きく吸い込むと。

「おとうさーん！　姉ちゃんが、男ひっかけて帰ってきたー！」

ちょっとお嬢《じょう》ちゃん、お兄さんと話をしようっ！

5

「ほーら見てごらん？　このちゃぶ台の上にひっくり返したマグカップ。これがスイスイとちゃぶ台の上を動き回りますよ！」

「すごい！　すごい!!　どうやって？　ねえどうやってるの？　青髪《あおがみ》のお姉ちゃん、どうやってるの!?」

「磁石だ！　きっと、ちゃぶ台の下から磁石で動かしてるんだ！　そうだろう？　当たりだろアクア!?」

めぐみん宅の居間において。

アクアがコップを使った芸を披露《ひろう》し。

それをこめっことダクネスが、食い入るように見つめていた。

磁石を使っているというダクネスの予想が当たりだろう。

アクアが動かしているマグカップは鉄製だ。

それをちゃぶ台の下から、磁石で動かして……。

俺は話を聞きながら、手品の種を推測し、何気なくそちらを見て絶句する。

アクアは居間の真ん中にぺたんと正座し、両手は膝《ひざ》の上に置かれていた。

そのままジッとちゃぶ台の上のマグカップを見ているだけなのに、カップがスイスイと動いている。

…………!?

俺が、一体どうなっているんだと目を疑い、そちらに注意を取られていると……。

「あー……！　ゴホンッ！」

目の前の人物が、わざとらしい咳払《せきばら》いをした。

おっといけない！

居間に敷《し》かれた絨毯《じゅうたん》の上に、何となく雰囲気《ふんいき》に呑《の》まれて正座している俺の前には、厳しい顔でジッと俺を見るめぐみんの親父《おやじ》さん。

一見すると、黒髪《くろかみ》の普通《ふつう》のおじさんといった感じだが、その目は鋭《するど》く、先ほどから静かな威圧感《いあつかん》を醸《かも》し出していた。

以前から名前だけは聞いていた、めぐみんの父、ひょいざぶろーさんだ。

「……家《うち》の娘《むすめ》が日頃《ひごろ》からお世話になっているそうだね。それについては、心から感謝する」

言いながら、ひょいざぶろーはペコリと軽く頭を下げた。

そして、その隣《となり》にはどことなくめぐみんの面影《おもかげ》がある、黒く艶《つや》やかな長い髪の、若干《じゃっかん》口元や目元に小じわのある綺麗な女性。

「本当に、家の娘が大変お世話に……。娘からの手紙で、よくカズマさんの事が書かれていまして……。あなたの事はよく存じておりますよ……？」

めぐみんの母親、ゆいゆいさんも深々と頭を下げた。

どうしよう。

俺は、本来なら一番この場を収めてくれなきゃいけない奴に、チラリと恨《うら》めしい視線を送った。

この部屋の隅《すみ》には布団《ふとん》が敷かれ、そこには先ほどの爆裂《ばくれつ》魔法で魔力を使い果たしためぐみんが、深く眠《ねむ》っている。

そして、そのめぐみんを感慨《かんがい》深そうにしみじみ眺《なが》めた後、それからキッと表情を引き締《し》めたひょいざぶろーが。

「……で。キミは、家の娘とはどのような関係なんだね？」

俺に、三度目となる同じ質問を投げかけた。

「……何度も言いますが、ただの友人で仲間です」

それを聞いたひょいざぶろーは、もう堪《こら》え切れないとばかりに、アクアが芸を披露して

娘を全身ヌルヌルの
姿にして楽しんだり。
魔力を使い果たした娘を
背負いながら、
「お前、最近ちょっと育ったな」
と言ったり。
Bust UP?

バッと抱《だ》きしめ、俺から守る様にかっさらった。

……あいつら本気で覚えてろよ。

こめっこは、突然《とつぜん》アクアに抱きかかえられた事もかっさらわれた事も一切《いっさい》気にせず、そのままされるがままに、黙々と饅頭をかじっていた。

やがて、奥さんが、お茶をすする俺にやんわりと笑《え》みを見せながら。

「そういえば、カズマさんは凄い借金持ちだと聞いたのですが大丈夫《だいじょうぶ》なのですか？　私は、カズマさんは良い人そうだし反対はしませんが……。家の娘と一緒《いっしょ》になるのは、せめて借金を返されてからにした方がよいのでは……？」

俺は含《ふく》んでいたお茶を全力で噴《ふ》き出した。

「一緒になるって何の話してるんですか！　ただの友人だって言ってるでしょうが！」

むせながら言う俺に、奥さんが首を傾げ。

「娘から送られてくる手紙を読んで、よほど親しい、そういう間柄《あいだがら》だと思っていたのですけれども……？」

「いや待ってください、その手紙に何書いてあったのか、聞いてもいいですか？」

俺が気を落ち着ける中、ひょいざぶろーと奥さんが、二人して顔を見合わせた。

やがて奥さんが。「例えば……」

いたちゃぶ台の前にザッと移動し、手をかけた。

「なあああああああああああああああああ！」

「あなたあああああああああ！　止《や》めてっ！　ちゃぶ台ひっくり返して壊《こわ》すのはもう止めてください！　今月は特にお金がないのよおおおおおお！」

紅魔族というのは、本当に変わった人が多いです。


――ひょいざぶろーが、奥さんの淹《い》れてくれたお茶をすすり息を吐《つ》く。

「失礼、取り乱した。いや、キミが白々しくもただの友人だなどと抜《ぬ》かすものだからね」

『た、ただの友人ですが』と喉《のど》まで出かかった言葉を飲み込み、俺は話題を逸《そ》らそうと、リュックに入っていたある物を取り出した。

それは先日の温泉旅行の時、アルカンレティアで新たに買ってきた饅頭《まんじゆう》の詰《つ》め合わせ。アクセルに帰ってすぐ旅に出たため、まだリュックの中身を出していなかったのだ。

「あのこれ。……つまらない物ですが……」

と、俺が差し出した饅頭の箱を、ひょいざぶろーと奥さんが同時に摑《つか》んだ。

「……母さん、これはワシにカズマさんがくれたものだろう。手をどけなさい」

「あらあら、やだわあなたったら。さっきまではキミなんてよそよそしい呼び方しておいて、お土産《みやげ》を頂いたら急にカズマさん呼ばわり。止めてくださいな恥《は》ずかしい。これは、今日の晩ご飯にするんです。あなたのお酒のつまみにはさせませんよ？」

奥さんが、そんな、笑えない系の冗談《じょうだん》を言い出した。

いやそれ饅頭ですから。つまみにも晩ご飯にもなりませんから。

俺がそんなツッコミを入れたいのを我慢《がまん》していると、こめっこが嬉々《きき》とした声を上げる。

「食べ物!?　ねえそれ、固い食べ物!?　いつも食べてる、薄《うす》めたシャバシャバのおかゆとかじゃなくて、ちゃんとお腹《なか》に溜《た》まる物!?」

……俺はリュックに入れておいた保存食類を全《すべ》て出し、それを無言で広げると。

「凄《すご》く……つまらない物ですが……」

「よく来てくれたねカズマさん！　母さん、一番良いお茶を！」

「家にお茶なんて一種類しかありません、すぐ淹れて参りますので、お待ちくださいね！」

——奥さんが淹れてくれたお茶をすすっていると、俺の持ってきた饅頭を両手に一つずつ持ち、それをせっせと、リスみたいに頰張《ほおば》るこめっこ。

そのこめっこが、もぐもぐしながら隣でジッと、俺の横顔を見つめていた。

こめっこは、自分の手にある二つの饅頭をしばらく眺め、ゴクリと喉を鳴らし……。

「……はい。美味《おい》しいよ」

手に持った、かじっていない方の饅頭を差し出してくれた。

お腹を空《す》かしていたこめっこは、その差し出した饅頭から目が離《はな》れない。

「こめっこちゃん、それ以上はいけない！　こっちに来なさい、お姉ちゃん達の所に！」

「そうだぞこめっこ！　その男はお前の姉にいけないイタズラばかりする、悪いお兄さんだ。その男が牙《きば》を剝《む》く前にこっちに来るがいい！」

アクアとダクネスがそんな事を言ってくるが、こめっこは首を傾《かし》げて俺を見る。

あいつらは後で制裁するとして、こめっこちゃんマジで天使だ。

「ありがとう、それはこめっこが食べるといいよ、お兄ちゃんはお腹がいっぱいなんだ」

俺が言うと、こめっこは、「そうなんだ！」とだけ言って俺の隣にぺたんと座り、黙々《もくもく》と饅頭をかじる作業に戻《もど》った。

その微笑《ほほえ》ましい姿を見て、思わず口元が緩《ゆる》んでしまう。

そんな俺に、ひょいざぶろーが険しい顔で。

「……いくら食べ物を持ってきても、こめっこはやらんぞ」

「誤解ですから！　あの二人の言う事は信じないでください！」

必死に叫《さけ》ぶ俺の隣から、そっと忍《しの》び寄ってきていたアクアが、饅頭をかじるこめっこを

……いや嘘《うそ》ではないが。

最近ではハンスって幹部も倒《たお》した訳だが、めぐみんが抜けたらパーティーが成り立たないって程《ほど》では……。

「うんうん。しかも、あの機動要塞《ようさい》デストロイヤーにトドメを刺《さ》したとか！　いや、我が娘ながら素晴《すば》らしい大活躍《だいかつやく》だ！」

奥さんに続き、ひょいざぶろーが実に嬉しそうにそんな事を……。

間違《まちが》ってはいない。いないが……。

俺は思わず、眠《ねむ》っているめぐみんの方を見る。

それまで深い呼吸をしていためぐみんは、俺に背を向け寝返《ねがえ》りを……。

こいつ起きてるんじゃないだろうな。

ちょっと不審《ふしん》な目でめぐみんを見る俺に、奥さんが、

「他《ほか》にもまだまだ、あなたの事やお仲間の事がたくさん書かれていて……。それで、借金はまだかなりの額があるんですか？　娘のパーティーの事ですし、何とか助けてあげたいところですけど、家もあまり裕福《ゆうふく》ではないもので……」

そんな事を少し申し訳なさそうに言ってくれて……。

「ああ、いえ。借金はとっくに完済したんですよ。それに、この旅から帰る頃《ころ》には結構な

大金が入ってくる予定でして。なので、もう大丈夫です、ご心配なく」

俺が何気なく言ったその言葉に、ひょいざぶろーがピクリと反応した。

「……ほう。ちなみに、おいくらほど入ってくるのか伺《うかが》ってみても……」

そんな質問に、俺はめぐみんの実家で少し緊張《きんちょう》していた事もあり、特に疑問を持つこともなく。

「三億エリスですかね」

「「三億!?」」

……あれ。ちょっと余計な事言っちゃったか？

ひょいざぶろーが少しこちらににじり寄った。

そして、実に良い笑顔でポンと手を打ち。

「ああ、そうだカズマさん。今日は家に泊《と》まっていきなさい！　娘の仲間で友人なら当然だ！　何ならずっとここに住んでもらっても構わないから！　冒険《ぼうけん》者なんてやっているなら、家なんてないだろうし！」

「そうですね！　こめっこ、今夜はこの居間で、お父さんと私の三人で一緒に寝《ね》ましょうね！　そちらのお二人は私達の部屋で眠るといいですよ！　しかし、家は手狭《てぜま》でして、部屋が居間と私達の部屋、後は、昔めぐみんが使っていた部屋しかありません……。住んでもらうにはちょっと手狭ですねえ……。ねえあなた、いっそリフォームとかも……」

とんでもない事を言い出した二人に、俺は若干《じゃっかん》引きながら、

「い、いえ……。俺は、あの、アクセルの街に屋敷《やしき》を持っているもので……」

そんな事をおずおず告げた。

「「屋敷!!」」

やっちまったか。

俺は、目を輝《かがや》かせながらこちらを見る二人から視線を逸《そ》らし、アクアとダクネスに助けを……。

「さあ次は！　なんと、この小さな箱にビックリする事が起こりますよ！」

「きっと、あの箱が開いて中から何かが飛び出すんだ！　きっとそうだ、間違いないぞこめっこ！」

「すごいね！　すごいねっ！」

三人はそれどころではない様だ。

6

時刻は夕方をとっくに過ぎるのに、未《いま》だ眠り続けるめぐみん。

まあ、それも無理はない。

パーティーの中で一番しっかりしてはいるが、何だかんだいってまだ14歳だ。

アルカンレティアからの旅を終え、それからすぐにまた旅に出て、おまけに爆裂魔法《ばくれつまほう》で魔力《まりょく》を枯渇《こかつ》させたのだ。

そんな、眠り続けるめぐみんを……。

「お母さん！　お肉！　お肉！」

「母さん、白菜は美容に良いと聞く、肉は任せろ、ワシは母さんにいつまでも美しくいて欲しい！」

「あらあらあなた、あなたこそ最近頭髪の方が薄《うす》くなってきましたし、添《そ》え物の海藻《かいそう》サラダを召《め》し上がればいいと思います！」

長い間会えなかったはずの家族達は、誰《だれ》一人眠る娘を気にする事もなく、俺が先ほど買い出しに行って手に入れてきた食材にがっついていた。

献立《こんだて》は鍋《なべ》。

アクアは食材と一緒に買ってきた酒を飲み、ダクネスは、皆《みんな》で小さなちゃぶ台を囲んで食事する事が初めてなのか、ちょっと緊張気味だ。

作法が間違っていないかと、俺の方をチラチラ見て真似《まね》しながら、上品に食べている。

やがて、満腹になったこめっこが、目をキラキラさせて。

「ねえお父さん、お母さん！　青髪《あおがみ》のお姉ちゃん、すごいんだよ！　小さい箱の中から大きなネロイドを出した！」

なにそれ気になる。

その話に耳を傾《かたむ》けていた俺に気づいたダクネスが。

「凄《すご》かったぞカズマ。物理的にあり得ない事が起こった。小さな箱から、箱よりも大きいネロイドが飛び出し、それが窓から逃《に》げて行った。あれは一体どうなっているんだと、先ほどからずっと考えていて……」

それを聞き、俺は酒を飲んでご機嫌《きげん》なアクアに。

「……なあ。実はずっと前から気になってたんだけど、一度お前の芸をじっくり見せてもらってもいいか？」

「嫌《いや》よ。芸ってものはね、請《こ》われてやるのではなく、自らが盛り上げたいって感じた時にこそ披露《ひろう》するものなの。どうしてもっていうのなら、私が一芸披露したくなる程の宴会《えんかい》の場を作って頂戴《ちょうだい》」

言いながら、酒のつまみにしていたサヤエンドウの中の豆を、片手でキュッと器用に飛ばし、それを俺の口元にペシと当ててきた。

「ヘタクソねえ……。せっかく口元狙《ねら》って飛ばしたんだから、ちゃんと口で受け止めて……、や、止《や》めてえ！　あんたあんまりお酒飲まないクセに、私のサヤエンドウ全部持っていかないで！」

そんな、和《なご》やかな夕食の時間。

俺は久しぶりに、日本にいた頃の家族との食事を思い出しながら、ここ数日の野外での緊張も忘れ、安心して食事を楽しんだ。

――それは、俺が風呂《ふろ》から上がり居間に戻《もど》ろうとした時だった。

「何を馬鹿《ばか》な事を！　自分の娘が可愛《かわい》くないのか!?　あなたがやろうとしている事は、一週間絶食させた野獣《やじゅう》のオリに、美味《うま》そうな子羊を投げ込む様なものだぞ！」

アクア達は俺より先に風呂に入り、最後に俺が入らせてもらったのだが、居間の方からダクネスの罵声《ばせい》が聞こえてきた。

何を騒《さわ》いでいるんだと中を覗《のぞ》くと、ひょいざぶろーが居間の真ん中で高いびきを上げている。

俺が風呂に行く前は起きていたはずなのに、なんだか寝るのが早くないか？

アクアの姿が見えない事から、既《すで》にあてがわれた部屋で寝ている様だ。

「そうおっしゃいましても、今まで一つ屋根の下で暮らしてきて、間違いなど起きなかったのでしょう？　なら、ちっとも問題なんてありませんよ。娘《むすめ》はもう結婚《けっこん》できる年ですし、カズマさんも分別ある大人……。もし何かあったとしても、それはお互いの合意の上という事ではないでしょうか？　なら親として何も言いませんとも」

どうやら、俺とめぐみんが同じ部屋で眠ることに、ダクネスが抗議《こうぎ》しているらしい。

俺としてはどこで寝ようが構わないのだが。

奥さんは、口元をニヤつかせ。

「……ところでダクネスさんは、なぜそんなに反対なさるのですか？　カズマさんと娘が一緒《いっしょ》に寝ると、何か不都合でもあるのですか？」

そんな、俺としてもちょっと気になる事を……、

「ええっ⁉　そういう言い方をされると、何だか私が妬《や》いていると思われそうで非常に不《ふ》愉快《ゆかい》なので、本当に、真剣《しんけん》に止めて頂きたいのだが……」

……あれっ。

「そ、そうですかすいません。ちょっと読み違《ちが》えました。しかし、家《うち》の娘をそちらの部屋に移すと大変手狭ですしねえ。誰かにカズマさんと同じ部屋で寝て頂かないと……」

そんな奥さんに、ダクネスが。

「なら、ひょいざぶろーさんとカズマを一緒に寝かせれば解決だろう」

「えっ」

ダクネスの正論に、奥さんが声を漏《も》らす。

いや確かに正論なんだが、この流れならもうちょっとこう、空気を……。

「そんな色気のない、もとい、娘の手紙でカズマさんを知る限りでは、こめっこと一緒に寝かせるのは論外として、家の主人と一緒に寝かせるのも少しだけ不安が残りますし……」

おい奥さん何言ってんだ、俺はどんな人間だと思われてんだ。

明日《あした》にでもめぐみんが送った手紙を全部見せてもらおう。

と、ダクネスが段々興奮してきたのか大声で、

「なら……！　この私が一緒に寝よう！　私ならば、あのケダモノに万が一無茶《むちゃ》をされた

としても必死に抵抗《ていこう》すればきっと何とか……！　いや、抵抗虚《むな》しくあの男の人並み外れた欲望《よくぼう》の赴《おもむ》くままに、凄い目に遭《あ》わされてしまうのかも知れない。そ、そうだ、この旅の間、あいつはきっと欲望が溜《た》まりに溜まっている事だろう。しかもアイツは徹夜《てつや》明けだ！　殿方《とのがた》は徹夜明けなどは特にムラムラくるという……！　無理やり押さえつけられ抵抗しようとする私の口を無理やり塞《ふさ》ぎこめっこが起きるだろ皆に聞こえてもいいのか静かにしろと脅《おど》されそして」

「『スリープ』」

奥さんが魔法を唱え、早口でバカな事を口走っていたダクネスが、崩《くず》れ落ちる様にその場に倒《たお》れた。

やりやがった。

……俺は何となく、この騒ぎの中でもまったく起きようとしないひょいざぶろーに視線を向ける。

ひょっとして、ひょいざぶろーも……。

と、居間の入り口から様子を窺《うかが》っていた俺に奥さんが気づき、うとうとと眠《ねむ》そうなこめっこを片手で抱《だ》きながら。

「あらカズマさん。お風呂上がったんですか？　ダクネスさんが寝てしまいましたので、部屋まで運ぶのを手伝って頂けませんか？」

そんな事を、にこやかに言ってきた。

7

「助かりました。ダクネスさんも、旅の疲《つか》れが溜まっていたのでしょう、きっと朝まで起きる事はありませんよ。そして、私も主人もこめっこも、一度眠ると大きな音や声がしても、なかなか起きません。……では、カズマさんもお疲れでしょうし、もうお休みになってくださいな」

そんな事を言いながら、奥さんが俺をグイグイとめぐみんが寝《ね》かされている部屋へ押していく。

「え、えっと……。それじゃあ、遠慮《えんりょ》なく寝かせて貰《もら》います。……一応言っときますが、めぐみんとは長い付き合いですから間違《まちが》いなんて起きませんよ？　日々悶々《もんもん》としている変態クルセイダーが、さっき言っていた事は信じないでくださいね？」

「分かってます、分かってますよ大丈夫《だいじょうぶ》ですから！　万が一があっても、ちゃんと責任取って頂ければそれで……！」

全然分かってないだろこの奥さん。

俺は、ドンと突《つ》き飛ばされる様にしてめぐみんの部屋へと入れられた。

「ではごゆっくりー……！」

そんな奥さんの声を背中に聞きながら。

俺は、やれやれと暗い部屋の中に目を向けた。

そこには、いつの間に運ばれたのか、部屋の中央に寝かされているめぐみんの姿。

こうして眠っていれば、めぐみんは本当に美少女だ。

窓から差す微《かす》かな月明かりが、眠るめぐみんの顔を優《やさ》しく照らす。

艶《つや》やかで、しっとりとした黒髪《くろかみ》を見ていると、引き込まれる様な不思議な感覚を覚えさせられ……。

……見惚《みと》れていてどうする。

普段《ふだん》見慣れていためぐみんに目を奪《うば》われそうになるのも、あのオーク達によるトラウマのせいかもしれない。

街に帰ったら、サキュバスのお姉さん達に心のケアをしてもらおう。

俺も何だか疲れたし、とっとと寝よう。

……と、その時だった。

「『ロック』!」

そんな声が部屋の外から聞こえたのは。

奥さんが魔法で鍵《かぎ》でもかけたのだろう。

これから入ってくる金の額を迂闊《うかつ》に口走ってしまった俺も大概《たいがい》だが、あの奥さんもどうなのか。

幾《いく》ら娘がマメに手紙に色々書いてくる男相手だからって、親として大丈夫なのか。

よほど娘の見る目を信頼《しんらい》しているのだろうか。

……まあいい、とっとと寝よう。

そう思い直し、俺は改めて狭《せま》い部屋の中をキョロキョロと見回し、ふと気づく。

めぐみんが寝ている布団《ふとん》以外、どこにも俺の寝る場所がないんですが。

8

窓から差す月明かりにほんのりと照らされながら、俺はひたすら固まっていた。

俺の視線の先には深く眠るめぐみんの姿。

今この空間には二人きり。

酒が入っているアクアは既に寝て、邪魔《じゃま》してきそうなひょいざぶろーとダクネスは、奥さんの手により眠らされている。

……そもそも、外から魔法で鍵がかけられ、部屋には誰《だれ》も入れないし出られない。

何という据《す》え膳《ぜん》。

部屋の中に布団は一つだ。

今の季節は春とはいえ、こんな時間帯はまだまだ冷える。

部屋の中とはいえ、布団も被《かぶ》らずに寝れば、風邪《かぜ》ぐらいひくかもしれない。

万が一風邪をこじらせて肺炎《はいえん》にでもなったら？

この世界の回復魔法でも、病だけは治せないと聞く。

病死は寿命《じゅみょう》扱《あつか》いとされ、リザレクションでも蘇生《そせい》が不可能なのだそうな。

つまり、戦闘《せんとう》で死んだりするよりも、病で倒れるのは最も恐《おそ》ろしい事だと言えるだろう。

当然、俺が布団に潜《もぐ》り込んでめぐみんの隣《となり》で寝ていてもなんら問題はないわけで……。

「…………………」

俺は深く考えてみた。

ここでスヤスヤと眠るめぐみんに手を出してしまっては、俺はそれこそダクネスやアクアの言うところの、鬼畜《きちく》だの外道《げどう》だののいわれなき中傷を否定できなくなってしまう。
俺は紳士《しんし》だ、そんな男じゃない。
だが今の状況《じょうきょう》は、親御《おやご》さんが許可をくれている。
これなら、めぐみんに訴《うった》えられても勝てるだろう。
いやいや、勝てるだろうか？
そもそもこの世界の裁判システムはどうなっているのだろう。
クソッ、もっとしっかりと法律の勉強をしておくべきだった！
こんな事ならもっと……。

違う、そうじゃない。

訴えられたらとかそんな話じゃない、論点がズレている。
ダメだ、この状況に俺も色々と混乱している様だ。
落ち着け、落ち着くんだ佐藤和真《さとうかずま》、まずは落ち着いて考えよう！
何か考えるにしても、春とはいえ夜は寒い。
こう寒くては考えるどころではない、まずは布団に入って落ち着こうか。

俺は、起こさない様に細心の注意を払《はら》い布団の中に潜り込むと、隣のめぐみんの体温を感じながら、深い寝息《ねいき》を聞きつつ、今一度良く考えを……。

…………。


そうじゃない！

なんて狡猾《こうかつ》な罠《わな》だろう、俺は無意識の内にめぐみんの隣に添《そ》い寝していた。

俺は身を起こそうとしてふと気づく。

このまま慌《あわ》てて布団から飛び出したとしよう。

すると、どうせタイミングよくめぐみんが目を覚ますんじゃないのか？

そして、その後は漫画《まんが》やアニメでお約束の展開だろう。

そう、俺が何を言っても問答無用で制裁を受ける流れだ。

そんな展開になれば、俺は何もしていないとか親御さんが勝手にとかいくら言い訳しても、誰も聞く耳持ってはくれないのだ。

何という理不尽《りふじん》。

痴漢冤罪《ちかんえんざい》みたいなもんだ。

俺は、そんな先人達と同じ轍《てつ》は踏《ふ》まない。

何もしていないのにそんな不当で理不尽な展開が予想できるというのなら……！

——逆転の発想として、冤罪《えんざい》ではなくしてしまう事にした。


めぐみんの深い寝息が聞こえてくる。

ヤバい、何だかドキドキしてきた。

俺は今、とんでもない事をしようとしているのでは。

だが待って欲しい、俺は無性欲《むせいよく》の聖人でもない、そこら辺に当たり前にいる、やりたい盛りの男の子だ。

そんな健全な男子と無防備に眠る美少女を同じ布団で寝かせておいて、間違いが起こらない訳がない。

何より、この状況を作り出したのはめぐみんの親御さんだ。

大丈夫、勝てる。

これだけの条件ならば、あのセナにだって裁判で必ず勝てる……！

意を決して、俺が行動を起こそうとした、その時だった。

めぐみんの目がパチリと開き、そのままトロンとした眠そうな目で、状況を把握《はあく》しようと隣にいる俺を見る。

「おはようございます。よく眠れたか？」

「ああ……。おはようございますカズマ。……ええっと、私はどのくらい寝ていたのでしょうか……？」

今の時刻は夜半過ぎ。

深夜とまではいわないが、めぐみんが少し寝かせてくださいと言い出し、崩《くず》れるように眠《ねむ》りについてから、大体八時間くらいが過ぎたのだろうか。

それを伝えると、めぐみんはなるほどと呟《つぶや》いて……。

そして、ハタと今の状況に気がついたらしい。

「……で、なぜ私はカズマと同じ布団で寝ているのでしょう？」

そんな事を、天井《てんじょう》を見上げて言ってくる。

俺も同じく天井を見上げたまま。

「……言わせんな恥《は》ずかしい」

「何をっ!?」

その俺の言葉に、めぐみんが跳《は》ね起きた。

「おい、布団めくるなよ寒いだろ。まあ落ち着け」

「何を平然としているんですか！　寝て起きたら懐《なつ》かしの自分の部屋で、カズマと一緒《いっしょ》に寝てたんですよ!?　落ち着いていられるはずが……！」

言いながら、めぐみんが布団から飛び出してババッと自分の体を手で探《さぐ》る。

何かされたのかと確認《かくにん》しているらしい。

そして、そのままホッとしたような表情を……。

「おい、俺が本気で、寝《ね》ているお前に何かする様な最低な奴《やつ》だと思っていたのか？　前々から感じてたんだが、お前ら、俺を何だと思ってんの？　一年以上一緒に暮らしてきて何もなかったんだぞ？　さっきだってダクネスの奴が、俺とめぐみんが一緒に寝る事に関してえらい言い草だったんだが」

俺はめぐみんが飛び出したせいでめくれた布団をモソモソ直し、寒いので布団から首だけ出した状態で言ってやる。

それに対してめぐみんが、少しだけ言葉に詰《つ》まった。

「……う。そ、それは……。そうですね、ごめんなさい……。起きたらこんな事になっていたのでちょっと混乱しまして……。そ、そうですよね、カズマは冗談《じょうだん》のノリではセクハラしますけど、こんなシャレにならない状況では、本気で何かをしてくる様な人ではないですもんね」

言いながら、めぐみんが少しだけ安心した様に微笑《ほほえ》んだ。

そんなめぐみんに、俺は相変わらず布団から首だけ出した状態で。

「当たり前だろ、見損《みそこ》なうな。そもそも俺がこの部屋にいるのは、お前の母ちゃんに閉じ込められたからだからな？　背中を突《つ》き飛ばされて部屋に入れられ、ドアに魔法《まほう》で鍵をかけられた。だから、仕方なく布団に入らせてもらった訳だ」

その俺の言葉に、めぐみんが深くため息を吐《つ》いた。

それで全《すべ》てに合点《がてん》がいったとばかりに。

「まったく、あの人は……」

肩《かた》を落としてブツブツ呟くめぐみんに、俺は布団をまくり、自分の隣をポンポン叩《たた》いた。

「と、いうわけではよう。寒いから布団にはよう。大丈夫《だいじょうぶ》だよ、何もしない」

俺の言葉にめぐみんは、一瞬《いっしゅん》だけ表情を引きつらせると。

そのまま顔を俯《うつむ》かせ、沈《しず》んだ声で。

「……本当に何もしてくれないのですか？　せっかく二人きりなのに？」

そんな、思わせぶりな事を言ってきた。

あれっ。

な、なんだこれ、何かしてもいいのか？

野営の時に手を握《にぎ》ってきた事といい、やっぱりモテ期が来ていたのか！

俺は先ほどまでの自分の言葉を力強く否定した。

「バカッ、せっかくの二人っきりなのに、何もしない訳がないじゃないか！　こっちは親御さんの許可までもらってるんだぞ！」

それを聞いためぐみんは、なぜか窓に向かって駆《か》け出すと。

「そんな事だろうと思いましたよ！　今日はゆんゆんの家に泊《と》めてもらいます!!」

「ああっ!?　畜生《ちくしょう》、カマかけやがったな!!」

めぐみんは部屋の窓から飛び出すと、そのまま暗闇《くらやみ》に消えていった。

第四章　この寝苦しい夜に大義名分を！

1

次の日の朝。

仕事に行く親御《おやご》さん達を見送って、朝食を終えた俺達が居間で寛《くつろ》いでいると。

「めぐみんめぐみん。せっかくだし、里の観光案内をして欲しいんですけど」

ゆんゆんの家から朝帰りしてきためぐみんに、アクアが言った。

「観光案内ってお前……。この里は今、魔王《まおう》軍と交戦中だって分かってるのか？」

呆《あき》れながら言ってはみたものの、昨日の、紅魔族達が魔王軍を蹂躙《じゅうりん》する光景を見た後では、アクアがこんな事を言い出すのも仕方ないのかもしれない。

「別に構いませんよ。里が問題なさそうなので、もうアクセルへテレポートで送ってもらってもいいのですが。アクアがそう言うのなら、今日一日は里でのんびりして、もう一晩泊まっていきましょうか」

なにせ、当の紅魔族がこんな事を言っているのだから。

「へえ、アクセル行きのテレポートを使える人がいるのか。なら、帰りは楽でいいな」

俺にとって何よりの朗報だ。

これならオークの縄張《なわば》りを通らなくてすむ。

「**クズマ**さんたら随分《ずいぶん》と嬉《うれ》しそうね。それで、私はめぐみんに案内してもらうけど、皆《みんな》はどうするの？」

「そうだな。特にやる事もないし、俺も一緒に……。……おい、今俺の事なんて呼んだ？」

思わずそちらの方を向くと、アクアはキョトンとした顔で小首を傾《かし》げ。

「私、今何かおかしな事言った？」

「い、いや……。俺の気のせい……か……？　まあいいや。ダクネスはどうするんだ？」

俺に水を向けられたダクネスは、鎧《よろい》を手入れする作業を止め。

「私は、ちょっと行きたい所がある。この里には腕《うで》の良い鍛冶屋《かじや》がいるのだ。鎧愛好家としてはぜひ顔を出しておきたい。**カスマ**達は遠慮《えんりょ》なく観光してきてくれ」

「そっか、分かっ……。……おい今なんつった」

「では、アクアと**ゲスマ**の二人という事ですね。この里には色んな観光名所がありますから、退屈《たいくつ》は」

「待てや、こらあああああああ!!」

声を張り上げた俺に、アクアがキョトンとした顔で。

「どうしたの？　寝ているめぐみんにイタズラしようとした**クズマ**さん」

「すいませんでした……っ!!」

俺は両手で顔を覆《おお》い、崩れるように頭を下げる。

俺が起き出してくる前に、昨夜の出来事が二人の耳に入ったらしい。

でも俺だって健全な男の子だ、あんな状況《じょうきょう》を作られたなら抵抗《ていこう》するのは難しい。ていうか、同じ布団《ふとん》で女の子と寝ていて、何もしないってのも失礼にあたるのではないだろうか？

そんな事を熱く語ってみたら。

「――もう一度オークに襲《おそ》われてくればいいと思います」

めぐみんから、ゴミを見る視線で見下された。

2

あれからしばらく、この里に一軒《いっけん》しかないという喫茶店《きっさてん》で色々奢《おご》り、ようやく口を利《き》いてくれる様になっためぐみんが、ある場所に案内してくれたのだが……。

「なにこれ」

それが、俺が最初に放った一言だった。

俺達は神社っぽい建物の中に案内され、めぐみんが「この里のご神体です」と言って見せてくれた物が……。

「どう見ても、猫耳《ねこみみ》スク水少女のフィギュアなんですけど」

神社の奥に仰々《ぎょうぎょう》しく祀《まつ》られていたのは美少女フィギュアだった。

「その昔、モンスターに襲われていた旅人をご先祖様が助けたらしいのですが……。その際お礼にと旅人がくれた物がこのご神体です。旅人いわく、『これは俺にとって、命よりも大切なご神体なんだ』と言っていたそうで。何の神様かは知られていないのですが、何かのご利益があるかもと、こうして大切に祀られているのです。この神社という施設《しせつ》も、その旅人が教えてくれたものらしいですよ」

その旅人、間違《まちが》いなく日本人だろ。

「ねえカズマ、美少女フィギュアが、私と同じ神様扱《あつか》いされてるのを見るのは腹立たしいんですけど」

「こんな物持ち込む奴をここに送ったお前は、むしろ紅魔族に謝っとけ」

——俺達のそんな反応を見て、不思議そうにしていためぐみんが次に案内してくれた場所は……。

「これが、抜《ぬ》いた者には強大な力が備わると言われている聖剣《せいけん》です」

「さすが紅魔族の里だな！　凄《すご》い物が出てきやがった！」

案内されたのは、一振《ひとふ》りの剣が刺《さ》さった岩だった。

これを抜いた、選ばれし者には伝説の力が……っていう、ゲームでよくある有名なヤツだ。

「な、なあ、ちょっと抜いてみてもいいか？」

「別に構いませんが、それが抜けるまでにはまだまだ時間がかかりますよ？　鍛冶屋のおじさんに挑戦《ちょうせん》料を払《はら》わなければいけませんし。挑戦するなら、もっと後にした方がいいと思いますよ、挑戦できるのは一人一回のみですしね」

興奮する俺に、めぐみんがそんな事を……。

抜けるまでに時間がかかる？

鍛冶屋のおじさんに挑戦料……？

「選ばれし勇者のみが剣を抜けるとか、そういったもんじゃないのか？　ああ、時間が経《た》つと封印《ふういん》が緩《ゆる》くなって抜きやすくなるとか……」

「その剣は、観光客寄せとして鍛冶屋のおじさんが作った聖剣です。剣を抜こうとする挑戦者が、丁度一万人目を迎《むか》えた時に抜ける魔法《まほう》がかけられています。挑戦者数はまだ百人程度のはずですよ。それって四年前くらいにできた物ですから」

「おい、随分と歴史の浅い聖剣だな」

呆れて言う俺の前で、アクアが剣に近づき鑑定《かんてい》している。

「ねえ、私の魔法でこの剣の封印解けそうなんですけど。これ、もらって帰ってもいいかしら」

「や、止《や》めてください、里の観光資源の一つですから持って行かないでください！」

――俺達が続いて向かった先は、木陰《こかげ》にポツンと佇《たたず》む小さな泉。

「これは『願いの泉』と呼ばれる泉です。この泉には言い伝えがありまして。斧《おの》やコインを供物《くもつ》として捧《ささ》げると、金銀を司《つかさど》る女神《めがみ》を召喚《しょうかん》する事ができるのだとか。そのおかげで、今でも時折、斧やコインが投げ込まれていくとの事です」

それって俺達の世界で有名な、あのおとぎ話が交ざってないか。

「一体誰《だれ》がそんな噂話《うわさばなし》を流したのかは知りませんが……。親切な鍛冶屋のおじさんが、定期的に泉の底をさらってくれなければ、泉は今頃《いまごろ》鉄の山ですよ」

「……ちなみに、その鍛冶屋のおっさんはさらったコインや鉄材はどうしてるんだ？」

「それはもちろん、武器や防具の材料としてリサイクルです」

その噂《うわさ》を流した犯人が分かった気がする。

「さて、次の観光施設を……。あれ？　アクアはどこに行きました？」

言われてみればアクアがいない。

と、泉の表面にさざ波が走ったかと思うと――

「……お前、ちょっと目を離《はな》した隙《すき》に何やってんだ」

泉の中央から、自称《じしょう》水の女神がひょこりと頭だけを覗《のぞ》かせていた。

目を離した隙に泉の中に潜《もぐ》ってみたらしい。

「コインが投げ込まれてるって聞いたからちょっと底まで拾いにね。……ねえ、観光シーズンになったなら、しばらくの間私が泉の女神として雇《やと》われてあげてもいいわよ」

「よし、なら今から斧を投げ込んでやるから金に変えてみせろよ」

投げる物はないかと辺りを探す俺に、アクアがピュッと水をかけてくる。

「二人とも、遊んでないで次行きましょう、次！」

——次に案内されたのは、何の変哲《へんてつ》もなさそうな地下への入り口だった。

そこは喩《たと》えるなら、核《かく》シェルターの入り口みたいな……。

「ここは、『世界を滅《ほろ》ぼしかねない兵器』が封印されている地下施設です。一体いつ頃《ごろ》からここにあるのかも分からない施設なのですが……。あそこにある謎施設《なぞしせつ》と共に作られた、とも言われていて……」

めぐみんが謎施設と呼んで指さした場所には、確かに謎の巨大《きょだい》施設が建っていた。

アレはなんだろう、コンクリートの建物みたいに見えるんだが。

「謎施設ってなんだ？　あれって一体何に使う施設なんだ？」

「謎施設は謎施設です。用途《ようと》も謎ですし、誰が何の目的で作ったのか、一体いつ頃作られたのかも謎の施設です。中を探索《たんさく》してみてもサッパリ分からないので、謎施設と呼んで何となく残してあります」

一体何なんだろうこの里は。

「しかし、世界を滅ぼしかねない兵器か……。随分と物騒《ぶっそう》な物があるんだな。まあ、紅魔族っていったら魔法のエキスパート集団な訳だし。そう簡単に封印が解ける事もないだろうから、これ以上の保管場所もないのかもな」

俺がそんな事を呟《つぶや》くと……。

「ねえめぐみん、ここ以外に、何か凄い物が眠《ねむ》ってる場所はないのかしら」

「ちょっと遅《おそ》かったですね。以前は『邪神《じゃしん》が封印された墓』だの、『名もなき女神が封印された土地』だのがあったのですが、色々あって両方とも封印が解けてしまったのですよ」

「お前んとこの封印、ザルじゃねーか！　おい、世界を滅ぼしかねない兵器とやらは大《だい》丈夫《じょうぶ》なのかよ⁉」

「だ、大丈夫ですよ、あの施設の封印は、今や誰にも読めない古代文字で書かれた謎《リ》かけ《ドル》を解読し、その答えを入力しなければ解けないはず……。そ、そんな目で見ないでください、大丈夫ですから信じてください！」

――めぐみんが、ちょっと寄りたいところがあると言い、俺達はとある店の前へとやってきていた。

その店は服屋だろうか。

古めかしい服のマークの看板が下がっており、ドアのガラス越《ご》しに、黒いローブを着た厳《いか》めしい顔の店主が見える。

めぐみんが中に入ると、その店主は俺達を一瞥《いちべつ》し……。

「おやいらっしゃ……。……んん？　めぐみん、そこにいるのはひょっとして、里の外から来た人かね？」

そんな事を尋《たず》ねながら、鋭《するど》い視線で俺達をジッと見る。

その視線に、アクアが怯《ひる》み、俺の背にササッと隠《かく》れた。

な、何だろう、何かしただろうか。

あれか、よそ者には偏見《へんけん》があるとかそんな人だろうか。

俺がドキドキしている中、めぐみんがコクリと頷《うなず》く。

すると突然《とつぜん》立ち上がったその店主は、ローブに付いたマントを狭《せま》い店内で、器用にバサリと翻《ひるがえ》した。

「我が名はちぇけら！　アークウィザードにして上級魔法を操《あやつ》る者。紅魔族随一《ずいいち》の服屋の店主！」

ここの人達は、これをやらないと名乗れないのだろうか。

真剣《しんけん》な表情で名乗った服屋の店主が、満足そうに笑《え》みを浮《う》かべ。

「あらためていらっしゃい！　いや、外の人間なんて久しぶりだよ！　名乗りを上げるなんていつ以来だろうか！　おかげでスッキリしたよ」

……スッキリする行為《こうい》なのか。

「俺は佐藤和真《さとうかずま》と申します。というか、紅魔族随一の服屋とは凄いですね」

そんな俺の言葉に気を良くしたのか、店主がニコニコと笑みを浮かべ。

「ああ、紅魔の里の服屋はウチ一軒《いっけん》のみだからねえ」

「バカにしてんのか」

俺は思わずツッコんだ。

「この里にはそんなに店自体がないからね。服屋はウチだけだし、靴屋《くつや》も一軒しかない。他《ほか》の店なんかもライバル店なんて一つもないよ」

ぶっころりーって人も、紅魔族随一の靴屋のせがれとか言ってなかったか。

俺の胡散臭《うさんくさ》いものを見る様な視線に、めぐみんは気まずそうに目を逸《そ》らす。

「まあ、そんな事より。今日はどうしたんだね？　何か、入り用かい？」

店主の言葉にめぐみんが、

「実は、今着ているローブの替《か》えが欲しくてですね。これと同じ物はありますか？　昔、ゆんゆんに貰《もら》ったローブなのですが、これ一着だと何かと不便でして」

そう言って、店主に自らが着ているローブを見せびらかした。

「──そのタイプのローブなら、丁度染色《せんしょく》が終わったばかりのヤツがあるよ」

俺達は、物干《ものほ》し竿《ざお》に干されているローブの前に案内された。

そこには、めぐみんが着ている物と同じタイプのローブが並んでいる。

「とりあえず、ここにあるのを全部ください」

「全部？　ほお、あのめぐみんが、随分《ずいぶん》とブルジョアに……。冒険《ぼうけん》者として成功したみたいだねえ！」

「まあ、そろそろ私の名前がこの里に聞こえてきてもおかしくない頃《ころ》ですよ。それに、このローブは私の勝負服みたいなものですし、たくさんあって困る物でもありませんからね。

……という訳でお金持ちになる予定のカズマ、お金貸してください」

「お、お前……。まあ、当分はこの里に来る事もないだろうし、いいけどさ」

一気に商品が売れてホクホク顔の店主が、物干し竿に干してあったローブを回収する。

そして、物干し竿だと思っていたその物体を目にして、俺は思わず声が出た。

「……おい」

「……？　何ですか？」

物干し竿がどうかしたかとでも言いたげなめぐみんに。

「お前、これ……。いやちょっと待ってくれ、なんて物を物干し竿にしてんだよ」

「おやお客さん、これが何か知ってるんですか？　これは、ウチに代々伝わる由緒正《ゆいしょただ》しい物干し竿ですよ。錆《さ》びたりしないいし重宝しているんです」

店主がにこやかに言ってくるのだが……。

アクアがそれを見て、興味深そうに言ってくる。

「どう見てもライフルなんですけど」

だよなあ。

物干し竿並みの大きさの、物々しく、そして長大なライフルが、物干し竿代わりに使われていた。

この里の人からすれば、これが武器だとは思わないのだろう。

というか猫耳《ねこみみ》神社の御神体《ごしんたい》といい、このライフルといい、コンクリートでできた謎施設といい……この里は一体どうなってるんだ？

3

店を後にし、里の中をあちこち巡《めぐ》った俺達は、小高い丘《おか》の芝生《しばふ》の上で休憩《きゅうけい》していた。

「見晴らしのいい場所ねー。お弁当持ってくればよかったわね！」

「景色を見たいなら、山の頂上に展望台がありますよ。超強力《ちょう》な遠見の魔道具《まどうぐ》が設置され、いつでも魔王《まおう》の城を覗き見可能な展望台です。オススメの監視《かんし》スポットは魔王の娘《むすめ》の部屋らしいですよ」

「お前ら本当にロクでもないな。魔王の城ですら商売にすんのか」

芝生の上にゴロンと寝転《ねころ》がったアクアが。

「ねえめぐみん。確かに景観はいいけれど、私はムーディーな場所に連れてってって言ったんですけど」

「ムーディーな場所ですよ？　この丘の名は『魔神《まじん》の丘』。丘の上で告白して結ばれたカップルは、魔神の呪《のろ》いにより永遠に別れる事ができないと言われている、恋人《こいびと》達に人気のロマンチックな観光スポットで……」

「重いし怖《こえ》えよ！　ロマンチックの欠片《かけら》もねーじゃねーか！　……って、あれは？」

丘の上からは、里の全貌《ぜんぼう》がよく見える。

里の入り口ではなく、横手側――

めぐみんの家のあるすぐ傍《そば》の、木柵《もくさく》の外側辺りに黒い影《かげ》が蠢《うごめ》いていた。

気になった俺は千里眼スキルで見てみると……。

「おいめぐみん、あんな所に魔王軍の連中がいるぞ！　ていうか、ありゃめぐみんの実家の近くじゃないか！」

めぐみんの家は里の隅《すみ》、他の住宅とは少し離れた場所にある。

そんな、郊外《こうがい》とも呼べる場所の木柵の外に、魔王軍とおぼしき連中がコソコソと集まっていた。

警報のアナウンスが流れない事から、紅魔族はまだあの連中に気づいていない様だ。

「どれどれ？　性懲《しようこ》りもなくまた来たのですか。あれだけこっぴどくやられて、まだ襲《しゆう》撃《げき》にくるだなんて目的が分かりませんね。あんな風にコソコソしているという事は、人を襲《おそ》うのが目的ではなく、里の施設《しせつ》でも狙《ねら》っているのでしょうか？」

里の施設……？

「確か、邪神だのなんだのが封印《ふういん》されていた墓があったんだっけ？　魔王軍らしい目的っていったら、やっぱ邪神の復活って言いたいとこだが……。もう封印は解けたんだろ？」

「解けちゃいましたね。なので、魔王軍の幹部が欲しがるような物なんて、この里には……。もしや猫耳神社のご神体が……!?」

「もし魔王が本気であんな物を狙っているってのなら、魔王軍なんてこの里と一緒《いっしょ》に滅《ほろ》べばいいと思う」

でも、それじゃ何が目的なんだろうか。

「世界を滅ぼしかねない兵器とやらを狙っているってのは？」

「それこそあり得ないと思います。何せ、あの施設は他とは違《ちが》う特殊《とくしゅ》な封印が施《ほどこ》されている上に、そもそも兵器の使い方は誰《だれ》にも分からないのですから」

なんでそんな物がこの里にあるんだ。

「とにかく、まだ里の人達が連中に気づいてない。あのままじゃ里に侵入《しんにゅう》されるぞ！　下に降りて、里の人達に魔王軍の連中がウロウロしてますよってチクりに行くぞ」

「さすがカズマね、虎《とら》の威《い》を借る他力本願っぷりが潔《いさぎよ》いわ！」

何とでも言うがいいさ！

4

道中で出会った里の人達を引き連れて、めぐみんの家に着くと、そこには……。

「なんだこの女は！　一体どこから出てきたんだ！　というか、何がしたいんだ！」

「シルビア様！　助けを呼びに行くでもなく強力な攻撃《こうげき》手段を持つでもない、コイツの目的が分かりません。罠《わな》かもしれません、お下がりを！」

木柵を破った魔王軍が、大剣《たいけん》を構えたダクネスと対峙《たいじ》していた。

「私の目が黒い内はここは通さぬ！　どうしてもここを通りたければ、私を倒《たお》して行くんだな！　だが私は、魔王軍なんかに負けたりはしないっ！」

「なんて邪魔《じゃま》な女だ、攻撃はスカなクセに硬《かた》いとか！　諦《あきら》めて逃《に》げればいいのに！　シルビア様、コイツは放《ほう》っておいてとっとと目的を果たしましょう！」

どうやら、めぐみんの家に帰ってきたダクネスが、柵が破られる音を聞きつけ時間稼《かせ》ぎをしていたらしい。

柵を破った魔王軍は、立ち塞《ふさ》がるダクネスに阻《はば》まれ、侵入できないでいる様だ。

予想外のダクネスの活躍《かつやく》に、コイツも成長するんだなとちょっと感動を覚えながら。

「ダクネス、よく持ち堪《こた》えた！　助けに来たぞ！」

「カ、カズマ⁉　なんだ、もう来てしまったのか……」

ダクネスは、残念そうにそんな事を……。

感動した俺がバカだった。

「期待のオークがメスしかいないと聞いてガックリきていたところに、魔王の幹部は女ときた！　おいお前達！　仮にも魔王の手下だというのなら、お前達が甲斐性《かいしょう》を見せてみろ！　この私を屈服《くっぷく》させて、私にご主人様とでも言わしめるがいい！」

「お前はちょっと黙《だま》ろうか。せっかくの活躍が台無しだからな」

俺が引き連れてきた紅魔族を見て、ダクネスと相対していた魔王軍の顔が青ざめる。

と、確かシルビアとかいった幹部が、部下を庇《かば》う様に前に出た。

「へえ……。ワザと攻撃を大振《おおぶ》りし、大した事がないと思わせつつ、実は援軍《えんぐん》を待つ時間稼ぎをしていた訳ね。あなた、ここまで耐《た》えきった防御《ぼうぎょ》力からしてかなりの高レベルクルセイダーみたいだけど……。アタシの部下に攻撃を当てなかったのも、その実力を見抜《みぬ》かれないための演技かしら。最初からここまでの高レベルクルセイダーだと見抜いていたら、アタシ達も即座《そくざ》に撤退《てったい》していた事だしね。……なかなかやってくれるじゃないの」

「……あ、ああ。バ、バレてしまっては……仕方がない……かな……」

妙《みょう》な勘違《かんちが》いをされた嘘《うそ》が苦手なお嬢《じょう》さまが、助けを求める様に俺の方をチラチラ見てくる。

俺の後ろには、力強い紅魔族の先生方がいらっしゃる。

ダクネスが勘違いされてる事だ、ここは一つハッタリをかましてやるとしよう。

「確かシルビアとかいったな。そこにいるクルセイダーは俺の仲間で、魔王軍幹部、バニルとの決戦時に爆裂魔法《ばくれつまほう》にすら耐えた猛者《もさ》だ。その実力をこの短時間で見抜くとは、さすがといったところか……」

「ねえめぐみん、カズマさんが妙な事言い出したんですけど」

「シッ！　面白《おもしろ》そうだから見てましょう、私達の事も持ち上げてくれるかもしれませんよ」

俺の隣《となり》で二人が小さな声でコソコソ言っている。

紅魔族の人達も、事の成り行きを興味津々《きょうみしんしん》で見守っている様だ。

よし、めぐみんの期待に応《こた》えてやるとしようか。

「……バニルですって？　確か、アクセルの街に行ったきり帰って来ないって聞いたけど。まさか、あなた達が……!?」

シルビアが驚愕《きょうがく》の表情を浮《う》かべ、それに合わせて魔王軍が後ずさる。

「そう、俺の横にいるこのめぐみんがトドメを刺《さ》した」

それを聞き、シルビアだけでなく紅魔族達までもがざわついた。

俺の言葉に、めぐみんが口元をニマニマさせる中。

「それだけじゃない。デュラハンのベルディア、デッドリーポイズンスライムのハンス。果ては、大物賞金首、機動要塞《ようさい》デストロイヤーに到《いた》るまで……！　俺達四人が討《う》ち取らせてもらった！」

「な、なんですって!?　……ベルディアが討ち取られたのは聞いたけど、いつの間にハンスまで!?　最近アルカンレティアからの定期連絡《れんらく》が途絶《とだ》えた事を考えると、嘘ではないようね……！」

なるほど、紅魔の里とアルカンレティアは数日の距離《きより》だもんな、連絡ぐらい取り合うか。

俺の言葉に信憑性《しんぴょうせい》を感じたのか、シルビアが忌々《いまいま》しげに唇《くちびる》を噛《か》む。

「……あなたがパーティーのまとめ役みたいね。名前を教えてくれないかしら？」

な、名前か。さすがに、魔王軍に名前まで覚えられたくはないな。

指名手配とかかけられそうだし。

「**……ミツルギキョウヤだ。覚えておけ**」

「ミツルギ！　……そう、それで納得《なっとく》がいったわ。魔剣使《まけんつか》いのミツルギといえば、その名前は聞き及《およ》んでいるわよ。……変わった剣を下げてるし、本物みたいね。男らしいイケメンだって聞いてたんだけど、なんかパッとしない顔ね？　でもあなた、まああアタシの好みのタイプよ？　……でも紅魔族だけじゃなく、あなたまでいるとは厄介《やっかい》ね。今日のところは見逃《みのが》してくれないかしら？」

俺の刀を魔剣と勘違いしたのか、良い具合にごまかされてくれたシルビア。

ミツルギなら手配くらいされたって大丈夫《だいじょうぶ》だろ。

てか、既《すで》に魔王軍に名前覚えられてるみたいだし。

「……この男、土壇場《どたんば》でヘタレましたよ。よりにもよって人の名前を名乗りました」

「後ろに紅魔族がついてて調子に乗ってみたけど、ちょっと怖《こわ》くなってきたのね」

　隣がうるさい。

「そうだな。このままやったら間違《まちが》いなく俺達が勝つだろうが、ここでお前を倒したとしても、紅魔族の力を借りたみたいでスッキリしないな。俺は、今日のところは見逃してやってもいい。……とはいえ、後ろに控《ひか》える紅魔族がいいって言ったらな？」

　そう言って、俺が不敵に笑うと……。

「感謝するわミツルギ、また会いましょう！　その時こそ決着を！　アタシの名はシルビア。魔王軍幹部、シルビアよ！　……撤退ッ！」

「逃がすな！　『ライトニング・ストライク』ッ！」

「『ライト・オブ・セイバー』ッ！」

「捕《つか》まえて魔法実験の実験台だあああああ！」

　シルビア達が踵《きびす》を返して逃げるのを、紅魔族達が追いかけていく。

　部下と共に逃げていくシルビアを見送って、俺は感慨《かんがい》深げに呟《つぶや》いた。

「──魔王《まおう》軍幹部、シルビア、か……」

「おいカズマ。その小芝居《こしばい》をいつまで続ける気だ」

5

「このお姉ちゃん凄《すご》いんだよ！　弓や魔法を受けてもぴんぴんしてた！」

——その日の夜。

めぐみんの家にもう一泊《いっぱく》する事になった俺達は、夕飯を終えた後、ダクネスの今日の活躍を褒《ほ》め称《たた》えられていた。

「い、いや、その……。あれぐらいなら、クルセイダーなら当たり前で……」

普段《ふだん》褒められ慣れていないダクネスが、居間で上品に正座しながら、こめっこの言葉を受け、恥《は》ずかしそうに照れている。

「聞きましたよダクネスさん、何でもシルビアの侵入を防いだとか。何て頼《たの》もしいパーティーなんでしょうか、これならカズマさんに、安心して娘《むすめ》を任せられます。という訳でカズマさん、今日の部屋割りなんですが……」

そんな事を言いながら奥さんがにじり寄ってくるが、俺は一つ気になる事が。

「ええっと、そういえばひょいざぶろーさんはどこに？」

「主人なら、仕事が溜《た》まっているから家の工房《こうぼう》の方で寝《ね》たいと言い出しまして……。さて、ちょっとお風呂《ふろ》を沸《わ》かしてきますね」

奥さんがサラッとそんな事を言い、そそくさとその場を後にする。

先ほど皆《みな》で夕飯を食べていた際には、ひょいざぶろーが、「娘が心配だから今晩はワシがカズマさんと寝る」と駄々《だだ》をこねていたのだが。

……ひょっとして奥さん、またやったのか。

「しかし、あの啖呵《たんか》は凄く格好良かったですよカズマ。次こそはシルビアと決着をつけましょう！」

「そうだな。というか実は、私もこの里の腕利《うでき》き鍛冶屋《かじや》に今流行だという新作の鎧《よろい》を発注してきたのだ。近日中にはできるらしい。ふふっ、鎧もシルビアとの決着も楽しみだな……！」

めぐみんとダクネスが、拳《こぶし》を握《にぎ》ってそんな事を言ってくる。

俺はそんな二人にキッパリと。

「何バカ言ってんだ、明日《あした》には帰るぞ？　もう観光も済ませたし、これ以上この里に残る必要もないだろ。朝一番で帰って、家でゴロゴロ過ごそうぜ」

「「ええっ⁉」」

俺の言葉に、めぐみんとダクネスが予想外だといわんばかりに声を上げた。

それを聞きながら、サヤエンドウとお酒をちびちびやっていたアクアが。

「あれだけ威勢良《いせいよ》く啖呵を切って、勝ち逃げしちゃうの？　また会いましょうって言われてなかった？」

「美人な幹部だったからちょっと後ろ髪《がみ》引かれるけど、ここは安全策を取ろうぜ。家に帰れば安全でバブリーなニート生活が待ってるってのに、何でわざわざ残って魔王の幹部なんて待たなきゃいけないんだよ」

「お、お前！　あれだけ格好つけておいてそれか！」

「あんな思わせぶりな別れ方しておいて、帰っちゃうんですか!?　さすがにあんまりだと思いますよ！」

二人が食ってかかってくるが、

「いや、明日には帰る予定だったから格好つけてみたんだよ。もう会う事もないだろって思ってな。でなきゃ、魔王の幹部なんて物騒《ぶっそう》なもんにあんな事言うわけないだろ。安全な紅魔の里で、バックにも紅魔族の皆さんが勢揃《せいぞろ》いしてたから言えた事だよ」

「この男、最悪です！　酷《ひど》すぎますよ！」

「お前、人としてそれでいいのか!?」

口々に文句をつける二人の言葉を、耳を塞いで聞き流していると。

「皆さんお風呂が沸きましたよ。……あら、どうされました？」

「どうもしません。あ、先に入らせてもらいますね」

「おい待て逃《に》げるな！」

「まだ話は終わってませんよ！」

背後から浴びせられる罵声《ばせい》をよそに、俺はそそくさと風呂に向かった。


――風呂から上がりサッパリして戻《もど》ってくると、ホコホコしたアクアが、あてがわれた部屋に行こうとしていた。

「あれっ？　お前、なんでそんな風呂上がりみたいにホコホコしてんの？」

「外のお風呂に入ってきたのよ。この近くに、『混浴温泉』って名前の大《お》っきいお風呂屋さんがあるって教えてもらったの」

おい、そんな事聞いてないぞ、明日帰るってのにどうしてくれんだ。

帰るのはもう一日遅《おく》らせるべきなんだろうかと葛藤《かっとう》していると……。

「めぐみん、こんな夜遅《よるおそ》くにどこに行くの!?　年頃《としごろ》の娘が外泊《がいはく》だなんて許しませんよ！　今日も朝帰りしてきたばかりじゃないの！」

「年頃の娘にとって、我が家が一番危ないから外泊するのですよ！　どうせ今日も、カズマと一緒《いっしょ》に寝かせようとか企《たくら》んでいるのでしょう！」

「あら、カズマさんなら大丈夫よ。お母さんの目を信じなさい。あの方ならきっと期待に応えてくれるから……」

「なんという節穴！　いえ、ちゃんと見抜《みぬ》いた上で言ってるんですね！　お母さんの期待に応えるって事は、そういう事ですよね！」

めぐみんと奥さんが、玄関先《げんかんさき》で言い争う声が聞こえてきた。

「なんだか知らないけど、私はもう寝るわね。お風呂から帰ってきたら、ダクネスも寝ちゃってるみたいだし」

酒が入っているせいか、眠《ねむ》そうに欠伸《あくび》しながらアクアが部屋に帰っていく。

見れば確かにダクネスが、不自然に寝こけていた。

これは言うまでもなく奥さんが……。

「これ以上の話し合いは無駄《むだ》です！　私はゆんゆんの家に泊《と》まってきますので！」

「逃がしませんよ、『アンクルスネア』ッ！」

「な、何を！　実の娘に魔法《まほう》までかけるだなんて、それでも母親……」

「『スリープ』」

奥さんの声と同時に、ドサッという音が聞こえてくる。

やがて奥さんが、にこやかな笑《え》みを浮《う》かべて。

「すいませんカズマさん、娘が変な所で眠ってしまいまして……。部屋まで運ぶのを手伝っては頂けませんか？」

6

――どうしよう。

この状況《じょうきょう》、もうほんとどうしようか。

「おいめぐみん。寝たふりすんなよ、本当は起きてるんだろ？」

俺は、隣《となり》で寝息《ねいき》を立てるめぐみんに呼びかけた。

分かっていた事だが、もちろんめぐみんの返事はない。

昨日の今日だけど、もう流されちゃってもいいんじゃないかな。

俺は元々、その時の状況に流されてきたような男だし。

もうこのまま、いくところまでいっちゃってもいいんじゃないかな。

野営の時、めぐみんに突然《とつぜん》手を握られた事を思い出し、深い寝息を聞きながら、布団《ふとん》の中でそっと手を握ってみる。

ひんやりとしためぐみんの手が心地《ここち》良い。

……俺は考えた。

このままガッといったらただの犯罪者だ。

まずは、めぐみんの布団の中でモゾモゾしている事への正当な理由が欲しいのだが。

……そこで俺は閃《ひらめ》いた。

昨晩、めぐみんが起きた時は、まだ寒いからという理由で布団に潜《もぐ》り込んでいた訳だが、それを言い訳ではなく事実にしてしまえばよい。

部屋の中を、布団の中でなければ耐《た》えられない温度にしてしまえばいい。

今の俺には、それを行えるだけの力がある。

そう、俺がこの力を手にしたのは恐《おそ》らくこの日のためだったのだろう。

俺は右手でめぐみんの手を握ったまま、布団から頭と左手だけを出すと、部屋の窓に魔法を唱えた。

「『フリーズ』ッッ！」

体内にある殆《ほとん》どの魔力《まりょく》を込めた、会心のフリーズ。

それは容易《たやす》く部屋の窓の表面を凍《こお》りつかせると、窓全体を厚さ数センチの氷で覆《おお》った。

それに伴《ともな》い、部屋の中が急激に冷えていく。

おお、そうだ！

窓を凍らせた今なら、昨晩の様に窓からめぐみんに逃走《とうそう》される事もないじゃないか。

完璧《かんぺき》だ。

我ながら、完璧すぎる作戦だ！

……と、俺が喜んでいると、

「……ん……」

フリーズの声が大き過ぎたのか、めぐみんが目を覚ました様だ。

「おはよう、よく眠れたか？」

「……おはようございます。あれ？　ここは私の部屋ですか？」

俺と手を繋《つな》いだまま、まだ寝ぼけているのか、めぐみんが眠そうにしながら部屋を見回す。

そして、俺と手を繋いでいる事に気づいた様だ。

「――ッッッッ!!　とうとう越《こ》えちゃいけない一線を越えちゃいましたか!?　獣《けもの》！　カズマの獣!!　軽いセクハラはしても、最後の一線だけは越えたくても越えられないヘタレだと思っていたのに！」

めぐみんが布団からバッと出て、涙目《なみだめ》で食って掛《か》かってくる。

「おい待て、俺は何もしていない！　手を握ったくらいで大騒《おおさわ》ぎすんな！　ほら、部屋の中が昨日にもまして寒いだろうが！　あまりに寒くて、思わず手を握っちゃったんだよ！」

俺の言葉にめぐみんは、今更《いまさら》部屋の寒さに気づき、その身をブルリと震《ふる》わせた。

そして、自らの体を調べ、途端《とたん》に顔を赤くする。

「ほ、本当ですか？　というか、昨日の一件もありますし、すぐには信じられないのですが」

「バカ、お前が眠らされてどれだけの時間が経《た》ったと思ってるんだよ。お前が起きるまで、こうしてずっと大人しくしてたんだぞ」

「そ、そうなのですか？　すいませんカズマ、いらぬ誤解をしてしまいました。そうですよね、カズマに一線を越える度胸があるのなら、色んな賭《か》け事の条件として、とっくにダクネスに手を出してますしね。……失礼な話でしたね、ごめんなさい」

めぐみんが、おぼろげな月明かりの中申し訳なさそうに言ってくる。

「お、おう。良いって事よ。でもあれだよ？　そろそろ俺に、お礼の一つは言ってくれてもいいくらいだぞ？　普段《ふだん》、ロクな目にしか遭《あ》っていないのに、いつもお前らの尻《しり》ぬぐいばかりしてるんだからな？」

だから、これくらいの役得があってもいいはずだ。

そう、続けようとして。

俺は、月明かりの下のめぐみんの顔を見て、言葉に詰《つ》まった。

「……お礼ですか。そうですね」

普段は、怒《おこ》ったり、呆《あき》れたり、可哀想《かわいそう》なものを見る目で俺を見たりと、そんな表情しか見せなかっためぐみんが。

珍《めずら》しく、年齢《ねんれい》に合った少女の顔で微笑《ほほえ》んでいた。

あ、あれっ。

素直《すなお》にそんな顔をされると、緊張《きんちょう》するんですが。

「……あの時。アクセルの街で路頭に迷いかけていた、爆裂《ばくれつ》魔法しか使えない手のかかる魔法使いを拾ってくれてありがとう。魔法を使って動けなくなると、いつも背負って帰ってくれてありがとう。いつも迷惑《めいわく》ばかりかけているのに、パーティーに残らせてくれてありがとう」

日頃《ひごろ》他人に突《つ》っかかってばかりで好戦的なめぐみんが、いつになく素直に言ってくる。

黒髪《くろかみ》とは対照的な白い頰《ほお》を、ほんのりと赤く染め。

紅魔族の名の元になった、その紅《あか》い瞳《ひとみ》を幻想《げんそう》的に輝《かがや》かせながら。

「どうしたんですか？　お礼を言っただけですよ？　自分でお礼を言えと言っといて、何を照れているんですか？」

固まっている俺に向かって、めぐみんは、からかうような口調で言ってきた。

あれっ、何だか凄《すご》く気恥《きは》ずかしいんですけど。

普段の俺への扱《あつか》いが扱いなだけに、急に改まってお礼を言われたりすると困るんですけど。

俺は内心戸惑《とまど》いながらも。

「……お、おう。まあ、あれだよ。俺もその、何だかんだ言いながら、お前らにも助けられてるからな。お前ら風に言うと……。**我が名は佐藤和真。アクセル随一《ずいいち》の最弱職にして、厄介事《やっかいごと》にばかり巻き込まれる者。やがて大金を手にし、お前らとおもしろおかしく暮らす予定の者。**……こ、今後ともよろしく頼《たの》むよ！」

自分で言っておきながら途中《とちゅう》で恥ずかしくなってきて照れる俺に、めぐみんがクスクス笑った。

「こちらこそ、今後ともよろしくです。……ところで、今日は本当に、凄く寒いですね。まあ、ボロ家なので隙間風《すきまかぜ》でも入ってくるのかもしれませんが。……その、カズマは何も、しませんよね？　寒いので、私も布団に入りますよ」

そう言いながら、めぐみんがちょっと頬を赤くしながら、布団の中にゴソゴソと潜り込んでくる。

こんな雰囲気《ふんいき》の中で布団に入って来られると、メチャクチャ緊張するんですが。

まあ、確かに今日は寒いしな。

しょうがな………。


……俺は今更ながらに、氷漬《こおりづ》けの窓に気がついた。

見つかったら、一体何と説明すれば良いのだろう。

あれを見られたら、せっかく上がったカズマ株が大暴落するのは間違《まちが》いない。

俺は何を血迷ってあんな頭の悪い事をしてしまったのか。

少しヤケッパチになっていたのかもしれない。

そんな俺の内心をよそに、めぐみんがピタリとくっついてきた。

先ほど隣で寝《ね》ていた時よりも密着している。

「…………め、めぐみん、ちょ、ちょっと近い気が……」

先ほどまでとはまったく違《ちが》った意味で緊張している俺に、めぐみんがからかう様に。

「いつもはあんなにセクハラとかしてくるクセに、こんな時は怖《お》じ気づくんですね。それに、さっき言ったじゃないですか。カズマは何もしないのでしょう？　なら、別にいいじゃないですか」

いいんですけど。

いや、別にいいんですけどね。

でもあんな会話の後で、しかもそんなに信頼《しんらい》してくれている状態で、凍った窓とか見られたら普段の比じゃないほどにキレられそうな気がする。

そんな事を考えていると、俺の右手がひんやりした物に包まれた。

今度はめぐみんの方から手を握《にぎ》ってきたらしい。

「……お、おい、年頃《としごろ》の若い娘《むすめ》さんがそんな積極的な事をするんじゃありません。野営の時もそうだけどさ、急にそんな事されるとドキドキすんだよ。……昨日、お前ん家《ち》の親御《おやご》さんにダクネスが言っていたが、ダクネスいわく、俺と一緒《いっしょ》に寝かせるのは、一週間絶食させた野獣《やじゅう》のオリに美味《うま》そうな子羊を投げ込む様なものらしいぞ」

俺は寒い部屋の中だというのに変な汗《あせ》をかきながら、緊張で上擦《うわず》った声を出す。

それに、めぐみんは噴《ふ》き出すと。

「ダクネスがそんな事を言っていたのですか？　でも以前は、本気でそんな事ができそうな展開になると、冗談《じょうだん》でごまかそうとするヘタレだと言ってましたよ？」

あんのアマー！

「なあ、普段ダクネスと二人の時は、どんな話してるんだ？　怒らないから言ってみ？」

そんな俺の言葉に、めぐみんがちょっとだけ慌《あわ》てた後、フイッと首を横に逸《そ》らした。

「……おい。どうせロクでもない事ばっか言ってんだろ」

「内緒《ないしょ》ですよ。そ、それより、もう寝ましょうか。明日《あした》はアクセルに帰るんですよね？　早く帰ってゆっくりしましょう！」

こいつごまかしやがった。

……と、一旦《いったん》は布団に潜ったためぐみんが、恥ずかしそうに。

「……ちょっと、トイレ行ってきますね」

そんな事を言いながら、布団から這《は》い出し起き上がった。

……あれ、ちょっと待て。

そんな俺の言葉をよそに、俺の右腕を勝手に枕代わりにし、布団を頭まで被《かぶ》ったためぐみんは、胸元《むなもと》に顔を埋《うず》めてきた。

そのまま、俺の胸元に顔を寄せた状態で。

「やっぱりダクネスに、**『本気でそんな事ができそうな展開になると、冗談でごまかそうとするヘタレ』**と言われるだけはありますね」

めぐみんは、そんな事を布団の中で言いながらクスクス笑った。

……あれっ。

これってめぐみんも、満更《まんざら》でもないのか？

やっぱり、俺にモテ期が……！

と、淡《あわ》い期待を抱《いだ》いたその時だった。

『魔王《まおう》軍襲来《しゅうらい》！　魔王軍襲来!!　既《すで》に魔王軍の一部が、里の内部に侵入《しんにゅう》した模様！』

……ほらこんなもん。

7

この騒《さわ》ぎを聞いた奥さんが残念そうにしながら鍵を開けてくれた。

俺は刀のみを引っ摑《つか》み、めぐみんの家から飛び出したのだが。

めぐみんの家から出ると、よりにもよって目の前に、傷だらけのシルビアがいた。

「ハア……ハア……！　もう少し！　もう少しで……！　……あら、よりにもよって、ここであなたに出くわすだなんてね！　さすがねえ！　部下の陽動には引っかからず、アタシの目的に気がついて探しに来たって事かしら？　ねえミツ」

「うるせえ黙《だま》れ」

パジャマ姿に裸足《はだし》の俺は、抜《ぬ》き身の刀をだらんと下げて、シルビアににじり寄る。

俺の言葉にシルビアが、

「黙れですって？　魔剣使《まけんつか》いとはいえ人間風情《ふぜい》が、このアタシを」

「黙れってんだろオウコラッ、しばき回されてーのか！　盛り上がってたとこで邪魔《じゃま》しておいて、お前なんだコラ！　今何時だと思ってやがる、人様の迷惑《めいわく》考えろボケが!!」

シルビアの言葉を途中《とちゅう》で遮《さえぎ》り、俺は生まれてこの方これほど怒ったことはないとばかりに、魔王の幹部を叱《しか》りつけた。

「ごっ、ごめんなさ……！」

本気でキレた人間の怒《いか》りを受けて、思わず一瞬《いっしゅん》怯《ひる》んだシルビアは、すぐに我に返り言ってくる。

「ちょっとあんた、このアタシを叱りつけるとはいい度胸ね。そこにいるお嬢《じょう》ちゃんと一緒にまとめて相手をしてあげるわ！」

俺はその言葉に後ろを向いた。

そこには、いつの間についてきていたのか、杖《つえ》を握《にぎ》っためぐみんがいた。

シルビアが、黄色く輝《かがや》く猛獣《もうじゅう》の瞳《ひとみ》を細く歪《ゆが》める。

一見するとただの美女なのだが、コイツの種族は何なのだろう？

昼間も行動していたのだから、ヴァンパイアではないだろう。

耳の先が尖《とが》っているが、悪魔《あくま》族か何かなのだろうか。

特に武器は手にしていない様だが、腰《こし》には一体何に使うのか、ロープの様な物を吊《つ》るしている。

俺は良い雰囲気《ふんいき》を邪魔された怒りに任せ、めぐみんを庇《かば》うように立ち塞《ふさ》がった。

シルビアがそれを見て、舌なめずりをしながら妖艶《ようえん》な笑《え》みを浮《う》かべる。

「あらあら。ひょっとしてその子と取り込み中だったのかしら？　それは悪い事をしたわねえ」

シルビアは、そんな挑発《ちょうはつ》的な事を言いながらも、俺とめぐみんから警戒《けいかい》を解こうとしない。

チラチラと俺の刀を気にしているところを見るに、未《いま》だに俺の事を誤解しているのだろう。

「ねえー！　こんな夜中にうるさいんですけど！　どうしたの？　めぐみんが寝《ね》ぼけて爆《ばく》裂《れつ》魔法でも撃《う》ち込んだの？」

この騒ぎにアクアも起きてきたらしく、玄関《げんかん》口からひょこっと顔を出してきた。

「おいアクア、魔王の幹部が攻《せ》め込んできた！　ひょいざぶろーさんか奥さんを呼んできてくれ！」

それを聞いたアクアが、家の中へ再び引っ込んでいく。

良い雰囲気を邪魔しやがったシルビアに、せめて一太刀《ひとたち》浴びせてやりたい。

「美女だからって手加減してもらえると思うなよ！　俺は真の男女平等の名の下《もと》に、相手がクソ女ならドロップキックだってかませる男だ！」

「あらあら、お手柔《てやわ》らかにね！　美女だなんて嬉《うれ》しい事言ってくれるじゃないの！　思わずつまみ食いしたくなるわ！」

土と風の魔法での目潰《めつぶ》しコンボでも食《く》らわせてやりたいが、先ほどアホな事に魔力《まりょく》を殆《ほとん》ど注いでしまい、ロクに魔法が使えない。

部屋から飛び出した際に一緒《いっしょ》に持ってきていたリュックを、シルビアにパスする様にぽんと投げてやる。

「あら、なあに？　アタシへのプレゼント？」

パスされたリュックを避《さ》けず、シルビアは片手でヒョイと受け止めた。

それに合わせて斬《き》りかかるも、シルビアは片手が塞がっているにも拘《かか》わらず、斬りかかった俺の刀を空いた手で受け止める。

お、おい嘘《うそ》だろ魔王の幹部！

俺の愛刀による斬撃《ざんげき》を易々《やすやす》と受け止めたシルビアは、刀を摑んで放してくれない。

やがてシルビアは不思議そうな表情を浮かべ。

「……これが魔剣？　ていうか、剣《けん》の腕もお粗末《そまつ》だし。……ねえあなた、本当にあのミツルギなの？　こんな物が、あの魔剣グラムだって言うの？」

ヤバい、武器の質と剣の腕で正体がいきなりバレそうだ！

いやまだだ、ここはまたハッタリで……！

「ちゅんちゅん丸です」

「……は？」

ごまかそうとした俺が何かを言うより早く。

「その刀はちゅんちゅん丸だと言いました。それは、由緒正《ゆいしょただ》しい普通《ふつう》の名刀ちゅんちゅん丸です。そんな、グラムだとかいうどこの馬の骨とも分からない魔剣と一緒にしないでください」

俺の刀にいかれた名前をつけた張本人が、鼻息荒《あら》く余計な事を。

「……フフッ。アハハハハハハッ！　あなた、魔剣使いのミツルギじゃあないわね⁉　本当の名前と、なぜ偽名《ぎめい》を使ったのかの理由を教えてくれないかしら？」

何がおかしいのかシルビアが、楽しそうに笑いながら。

「……俺の名前は佐藤和真だよ。偽名を使った理由は、お前らに名前を知られたら、指名手配とかかけられそうだったからだよ」

「アハッ！　アハハハハハハッ‼　あなた最高ね、とっても素敵《すてき》な考え方よ！　気に入ったわ！」

俺の答えを聞いたシルビアは、どこがツボに入ったのか、腹を抱《かか》えて笑い出す。

と、玄関のドアがバンと開けられ、アクアが顔を覗《のぞ》かせた。

「ねえ、ダクネスを起こそうとしてた奥さんに、すぐ来てくださいって言ってきたわよ！」

俺がアクアに何かを言うより早く、シルビアが摑んでいた刀を引っ張った。

咄嗟《とっさ》の事で手を放せず、俺はたたらを踏《ふ》みながらシルビアへと引き寄せられる。

慌《あわ》てて刀を手放すが既に遅《おそ》く。

俺はシルビアの胸へと顔面から飛び込む形となっていた。

シルビアは掴んでいた刀を捨て、俺を胸の中へと抱《だ》きしめる。

ありがとうございま……。

いやそうじゃない、これは罠《わな》だ！

そう、こんな巨乳《きょにゅう》で肌《はだ》もあらわで大柄《おおがら》だけれども全体的にはバランスとれててスラッとしてる美人だからって、喜んでいる場合じゃないありがとうございます！

俺は顔をシルビアの胸に埋められたまままささやかな抵抗《ていこう》をしようとするが……！

「大人しくしてなさいなっ！　『バインド』！」

それはいつか見た事のある拘束《こうそく》スキル。

確か、盗賊《とうぞく》風の冒険《ぼうけん》者が使っていたヤツだ！

こいつ、まさかの盗賊系魔王の幹部か!?

俺はたわわな胸に顔を半分埋めたまま、シルビアが腰に吊るしていたロープで、あっという間に上半身を拘束された。

シルビアと密着したままロープでグルグル巻きにされ、もうこのままここで暮らしていけないかなとの思いがよぎる。

「この男は人質《ひとじち》として貰っていくわ！　そこの紅魔のお嬢ちゃん、なぜ魔法《まほう》を撃たなかったのかは知らないけれど、この状態で魔法を撃てばこの男も巻き込むわよ！」

「なっ……！　カ、カズマ！　大丈夫《だいじょうぶ》……そうですね。というか妙《みょう》に幸せそうな」

めぐみんの目が何だか冷たいものになっていくが、これは不可抗力《ふかこうりょく》なんだから助けて欲しい。

あまり急がない程度に助けて欲しい。

「ほーん？　あんた、なんか悪魔っぽいわね！　逃《のが》さないわよ、胸に顔を埋めてホコホコした顔してるのはウチの大事な……！　大事な……。ね、ねえカズマ！　私とカズマってどんな関係なの？　こんな時、どんな決め台詞《ゼリフ》を言えばいいの⁉」

何かの魔法を放ってシルビアを止めようとしたアクアが叫《さけ》ぶ。

紅魔の里での滞在《たいざい》で、ここの連中に影響《えいきょう》を受け、何か決め台詞を言いたいらしい。

そんなの、大事な仲間でも何でもいいからとっとと助けろと叫びたかったが、シルビアの胸の谷間に顔を挟《はさ》まれ、上手《うま》く喋《しゃべ》ることができない。

……ここ最近、俺は一体どうしたのだろう。

ゆんゆんに子作りしようと言われたところから始まり、今晩に到《いた》るまで。

ゆんゆんにオーク、めぐみんにシルビア。

オークは罰《ばつ》ゲームの類《たぐ》いだが、それにしたってプラスマイナスでお釣《つ》りがくるレベルの幸運だ。

やはりモテ期到来《とうらい》なのだろうか。

それとも、ついに俺の唯一《ゆいいつ》の取り柄《え》の、高い幸運が火を噴《ふ》いたのだろうか。

俺が胸の谷間に顔を埋め、されるがままになっていると。

「ちょっとボウヤ、そんなに熱い息を吐《は》きつけないでよ、体が火照《ほて》ってきちゃうでしょ？　いい子にしてれば後でご褒美《ほうび》をあげるから」

間違《まちが》いない、モテ期到来である。

「で、でも、このままだと息が……！」

幸せなのは間違いないが、このままだと呼吸が辛《つら》い。

どうにか体勢を変えようと、モゾモゾしていたその時だった。

「『セイクリッド・エクソシズム』！」

油断しきっていたシルビアに向け、不意討《う》ちのアクアの魔法が炸裂《さくれつ》した。

その声と同時、俺とシルビアの真下から、巨大《きょだい》な光の柱が空に向かって迸《ほとばし》る。

当然ながら、俺もその光に包まれ……！

「ッ!?　あああああーッ!?」

シルビアが、甲高《かんだか》い叫び声を上げた。

だが、同じく悪魔祓《あくまばら》いの魔法の光に包まれた俺は、何ともない。

何の変わりもない俺とは対照的に、魔法を受けたシルビアは、そのドレスをボロボロにされていた。

「やっ、やってくれたわねえ……！　下級悪魔の皮でこしらえたドレスが台無しになったじゃないの……！　でも残念ね、アタシは純粋《じゅんすい》な悪魔じゃないわ。結構痛かったけれど、致命傷《ちめいしょう》には遠いわよ。でも一応言っておくわ。次に攻撃《こうげき》を仕掛《しか》けたなら、この子の命はないものと思いなさいな！」

半裸《はんら》にされたシルビアは、アクアにそんな脅《おど》しをかけると、素早《すばや》く俺の拘束を解き、俺の後頭部に胸を押しつける様に密着した。

息ができないとの俺の抗議《こうぎ》に、律儀《りちぎ》に応《こた》えてくれたらしい。

「我が名はシルビア！　強化モンスター開発局局長にして、自らの身体《からだ》に合成と改造を繰《く》り返してきた者！　そう、アタシはグロウキメラのシルビアよ！　さあ、この男は貰《もら》っていくわ！　可愛《かわい》いボウヤ、もう一度一つになりましょう？　『バインド』ッ！」

……我が名はシルビアとか、この人も紅魔の里の連中との長い交戦により毒されたのかもしれない。

シルビアは叫ぶと同時、もう一度ロープを使って拘束してきた。

ハッキリ言って武器も持たない今の俺では、背後を取られている以上抗《あらが》う事などできはしない。

抵抗する事もなく、俺は収まりがいい様に両手を上げてバンザイし、されるがままに拘束された。

「カ、カズマっ！　カズマを返し……！　……カズマ、今大した抵抗も見せずに再び拘束されたのは、ワザとではないですよね？」

「違《ちが》うよ」

後頭部をシルビアの巨乳の間に埋《うず》めたまま、キッパリと。

シルビアの背が高いため、後頭部が胸に当たる高さでも俺の足は地面に届かず、一体となったままプランとぶら下げられていた。

なんだろう、この収まりの良さと安心感は。

探し求めていた安住の地を見つけた気分だ。

そんな俺にめぐみんが、シラッとした冷たい視線を送っていた、その時だった。

「くっ……！　この私が、こんな時に何という不覚……っ！」

その聞き慣れた声に顔を向けると、鎧《よろい》を外したラフな格好のダクネスが、荒い息で立っていた。

薄手《うすで》の黒シャツにタイトスカート姿で、手には大剣だけを持っている。

奥さんに起こされ、慌てて飛び出してきたのだろうか。

軽い寝《ね》ぐせがついたままのダクネスは、アクアを庇《かば》う様に前に立ち、シルビアをキッと睨《にら》みつけた。

「魔王《まおう》の幹部！　この家の者が、既《すで》に他《ほか》の紅魔族を呼びに行った。ここに援軍《えんぐん》が来るのも時間の問題だろう。そこで貴様の胸に後頭部を埋め、幸せそうに目を瞑《つぶ》っているどうしようもない男を置いて去るがいい！　どうしても人質が必要だというのなら……。私が……！　私がその男の代わりになるからっ！　頼《たの》む、カズマの代わりにこの私を人質にしてくれっ！」

突然《とつぜん》そんな事を言い出したダクネスに、シルビアが楽しそうに口元を歪《ゆが》め、

「あらあら、随分《ずいぶん》と罪作りなボウヤだこと！　あなた、良い人が二人もいるの？　でもダメよ。この子の事が気に入っちゃったの。ねえあなた、カズマって言ったわね？　このま

ま魔王軍に降《くだ》るつもりはないかしら？　あなたとなら、きっと上手くやっていけると思うの」

言いながら、俺の頭をヨシヨシと撫《な》でてくる。

「……ねえ、何だか知らない間にカズマが敵と仲良くなってるんですけど。頭撫でられたりしてるんですけど」

呆《あき》れた様なアクアに続き、ため息を吐きながらダクネスが。

「……おいカズマ。一体何をどうしてそんな所に張りついている？　……まったく、油断でもしたのか？　大方その女の胸にでも魅了《みりょう》されたのだろう。相変わらずな奴《やつ》め、今助けてやるから、大人しく……」

「お構いなく」

……………………。

「「「「えっ」」」」

ダクネスへの即答《そくとう》に、その場の四人が思わずハモる。

それに対して、俺は後頭部を高級なソファーにでも預ける様に、シルビアの豊かな胸にゆったり沈《しず》め。

「お構いなくと言ったんです。おいお前ら、特にダクネス。お前、最近俺に対して随分とおざなりな扱《あつか》いじゃないか。ええ？　こちらのシルビアさんはな、俺の事を気に入ったってよ。まったく、最近の俺への扱いの酷《ひど》さから、うっかり魔王軍へ寝返《ねがえ》っちゃおっかなーとか思うとこだよ？　謝って。そろそろ、いつも頑張《がんば》っている俺に対して謝って！　めぐみんなんかはさっき、俺に対して日頃《ひごろ》のお礼とか言ってくれたぞ。ほら、謝って！」

と、そんな事をダクネスに対して言ってやる。

駄々《だだ》をこねるアクアみたいな俺の言葉に、ダクネスはしばし呆然《ほうぜん》とし。

「お……、おいカズマ。悪い冗談《じょうだん》はよせ。お前がそういう事を言うと冗談に聞こえないんだ。そ、その……、確かに最近は、扱いが酷かったかな？　うん、めぐみんの家族へのお前の紹介《しょうかい》も、ちょっと酷かったかも知れないな。すまなかった。ああそうだ、そういえば、こないだ勲章《くんしょう》が欲しいとか言っていたな？　確かにお前の功績は立派なものだ、よし分かった、街に帰ったならぜひ……」

「誠意を見せて！　今更《いまさら》物なんかで釣らないで、ちゃんと誠意を見せて！　お前、よく見ろよこの状態を。魔王さんとこのシルビア嬢《じょう》は、俺にたわわな実りでアピールしてんだぞ。お前の取り柄はなんなんだ？　言ってみろ！　ほら、早く言ってみろ！」

ダクネスの言葉を遮《さえぎ》った俺は、ここぞとばかりに言ってやる。

ダクネスが、怯《ひる》みながらも不安そうな顔でオズオズと。

「ぼ、防御力《ぼうぎょ》……？」

「違うでしょ！　あなたの取り柄はその無駄《むだ》に男を誘《さそ》う、いやらしい体でしょ!?　何をすっとぼけた事言ってカマトトぶってるんですか!?」

「ねえ、あの男はもうダメよ。何だか口調もおかしいし、もう魔王軍にあげちゃいましょうよ」

「ダ、ダメですよ、あんなのでもイザという時には頼《たよ》りになるのですから」

俺の言葉を聞いたアクアとめぐみんが、ボソボソと何かを相談している。

きっと俺を救出するための算段を練っているのだろう。

と、俺の言葉を受けたダクネスが、恥《は》ずかしそうに自分の体を何となく手で隠《かく》し、

「わ、私は……っ！　べ、別に、誘ってなんて……！」

泣きそうに顔をしかめ、そんな事を反論しようとするダクネスに。

「誘ってるでしょ！　まったく、無駄にけしからん体しやがって！　今夜はなあ！　俺の幸運が最高潮に高まっている日なんだよ！　恐《おそ》らくは人生で一番のモテ期到来ってヤツだ！　ほら謝って！　モテ期で絶好調な今の俺が、ホイホイとシルビアさんに付いて行かない様、ちゃんと謝って！　そうだなあ……たとえば……！」

まずは丈の短いメイド服!
んっ
それで甲斐甲斐しく俺の世話しろ
服はおろか下着もぜんぶはかせろ!
禁
お前にとっちゃ俺のことをご主人様と呼ぶのはごほうびだからな
強くてカッコイイカズマ様と呼べ!

ミスしたら もちろん お仕置きだ！
普通の お仕置きじゃ お前にゃ 足らんから ミス1つにつき 扇情的なポーズで こう言うこと！
にゃん♡
お許し下さい 強くてカッコイイ カズマ様…！
使えない クルセイダーで すみません…！

調子に乗った俺がそんな事を言って困らせていると、ふとシルビアが、俺の頭に手を置いた。

「いいわぁ……。あなた、アタシの見込んだ通りのいい男だったわ！　ねえ、本当に魔王軍へ連れて行きたいところよ！　でも、あんまりクルセイダーのお嬢ちゃんを虐《いじ》めちゃダメよ？　もう少しだけ、女心ってものを分かってあげないとね？」

その言葉にダクネスは、シルビアを睨みつけ。

「魔族《まぞく》のクセに、随分と人間の女心が分かるものだな。……魔族の年は分からないが、女としての長い経験か何かなのか？」

と、剣《けん》を構えて挑発《ちょうはつ》すると、シルビアが何を当たり前の事をとばかりに。

「あら、そりゃあもちろん分かるわよ。女心も。男心も」

ほう、さすがは魔族の美女、男心も女心も全《すべ》て分かる魔性《ましょう》の女といったところか。

シルビアが、俺の頭を撫でながら。

「だってアタシ、半分は男ですもの」

当然といった感じで、そんな事を言ってきた。

「………なんて？」

俺は今聞いた事が理解できず、シルビアの方を振《ふ》り向いた。

里のどこかが燃えているのか、空がほんのりと明るい中、俺はある事に気がついた。

それはシルビアの顎《あご》の下。

それ以外にも、頬《ほお》の周りが、何だか青っぽい様な………。

「あら、聞こえなかった？」

シルビアが、俺の言葉に反応し。

その尖《とが》った右の耳についた青いピアスを煌《きら》めかせ……。

「アタシ、キメラだから。あなたの大好きなこの胸は、後から合成してつけたのよ？」

そんな事を何でもない様に言ってくる。

俺の脳が、その言葉を聞かなかった事にしようと頑張っている。

理解しようとするのを拒否《きょひ》している。

いやだって、それって。

俺はさっきから、男の胸で興奮して、その……。

えっ？　………あれっ？

「……カ、カズマ？　そ、その……。き、気を、気をしっかり持ってくださいね？　……

ね？　しっかりしてくださいね？　だ、大丈夫《だいじょうぶ》です、落ち着いて……、落ち着いて……！」

そんなめぐみんのか細い声を聞きながら。

俺は、昔どこかで聞いた話を思い出していた。

右の耳にだけピアスを開けている男は、確か。

「でも、あなた本当にいい男ねえ……。こうして撫でているだけで、こう、胸も下半身もキュンキュンきちゃうわ」

そんな事を言いながら。

身長差があるせいか、俺の尻《しり》の部分に丁度シルビアの下腹部があたるのだが。

そこが……。

「シルビアさんシルビアさん。気のせいか、俺のケツになんかあたってるんですが」

俺の言葉にシルビアが。

日本で有名だったあのセリフを、恥ずかしそうにポツリと言った。

「あてんのよ」

——俺の脳が活動を停止した。

第五章　この恨めしい遺物に爆焔を！

1

「ちょっと。ねえ、ちょっと起きなさいな」

ユサユサと揺《ゆ》り動かされ、俺はハタと気がついた。

どうやら、悪い夢を見ていた様だ。オカマにイタズラされる、悪い夢を……。

「……うおおおおお！　止《や》めろシルビア、俺に寄るな！　ぶっ殺すぞ!!」

「ちょ、ちょっと落ち着きなさいな！　心配しなくてもおかしな事はしないわよ。もう紅魔族の連中は撒《ま》いたから、あなたは逃《に》がしてあげるわ。昼間は見逃《みのが》してもらったしね」

シルビアのその言葉に、俺は未《いま》だ警戒《けいかい》は解かないものの、ちょっと落ち着きを取り戻《もど》す。

そして、辺りに人気《ひとけ》がない事に気がついた。

辺りをキョロキョロと見回すと、そこは確かに見覚えがある場所で……。

「ここは、紅魔の里の地下格納庫の入り口よ。紅魔族が、『世界を滅《ほろ》ぼしかねない兵器』を封印《ふういん》している場所ね」

そんな俺にシルビアは、そう言いながら何かの魔道具《まどうぐ》を取り出した。

「……なんだそれ？」

「ふふ、あなたほどの男なら、これが何か予想ぐらいつくんじゃない？　『結界殺し』って言えば分かるかしら」

それってつまり。

「お前らが無謀《むぼう》な侵入《しんにゅう》を試みてたのは、兵器を奪《うば》うのが目的だったって事か」

「ご名答。この地下には、強力な魔道兵器が眠《ねむ》っているらしいのよ。伝え聞くその特性から、きっとこの里の連中にとって天敵になる事でしょうね」

な、何が眠ってるんだろう。

「でも、ここの封印は特殊《とくしゅ》で、誰《だれ》にも解くことはできないって聞いたぞ。しかも、兵器の使い方すら誰にも分からないとか」

「へえ？　でも大丈夫よ、アタシが用意してきたのは魔族の持つ魔道具の中でも特に強力な結界殺し。たとえ神々が封《ふう》じた物だって……。あら？　お、おかしいわね？」

と、格納庫の前に屈《かが》み込んでいたシルビアは、魔道具を手に戸惑《とまど》った声を上げる。

「魔道具が何の反応も見せない！　一体何なのこれは、魔法《まほう》的な封印じゃないわ！　ど、どうすれば……」

シルビアが魔道具を手にオロオロしている。

俺は横から、封印とやらを覗《のぞ》き見てみると、そこには、アルファベットと数字、そしてゲームの十字キーの様な物が並んだ、暗証番号を入れるタッチパネルがくっついていた。

タッチパネルの上の部分には、見慣れた文字で何かが書かれている。

「『小並コマンド』……？　なんだこれ。小並コマンドを入れろってのか？」

「あ、あなた、この古代文字が読めるわけ!?」

俺の呟《つぶや》きに、シルビアが驚《おどろ》きの声を上げる。

いや、古代文字って、言ってる意味が分からないんだが。

というかこれ、ただの日本語じゃん。

小並コマンドは小並コマンドだろう。

日本の有名なゲームメーカー、小並の、これまた有名な入力コマンドだ。

「いや、俺のいた国の文字だよ。これは、小並コマンドっていう有名な裏技《うらわざ》コマンドを、パスワードとして入力しろって事じゃ……」

そこまで言った俺は、ハッと口を塞《ふさ》ごうとして、その手をシルビアに掴《つか》まれた。

「あなたは、アタシの想像以上の男だったみたいね。まさか、アタシや紅魔族ですら解く事の叶《かな》わない封印の秘密を突《つ》き止めるだなんて……」

「く、腐《くさ》っても冒険《ぼうけん》者だ、魔王《まおう》軍に簡単に口を割ると思うなよ。あの場にアークプリーストがいただろ、アイツは蘇生《そせい》魔法まで使える奴《やつ》だから、俺を脅《おど》したって無駄《むだ》……」

「口を割らせるには、脅しや暴力だけじゃないのよ？　フフッ、アタシの手管はサキュバス並みだってよく言われるの。さあ、この快楽にどこまで耐《た》えられ」

シルビアが言い終わる前に、俺は一切躊躇《いっさいちゅうちょ》せず小並コマンドを入力した。

ゴンゴンと機械的な音を立て、重い扉《とびら》が開いていく。

「……あなた、人としてそれでいいの？　ま、まあいいわ、あまり時間もかけていられないし。暗いわねえ、この先どうなってんのかしら」

シルビアが、中の様子を窺《うかが》いながらゴソゴソと灯《あか》りを用意する。

俺の前で、無防備な背中を晒《さら》しながら。

……俺が武器を持っていないからといって、油断し過ぎじゃなかろうか。

まあ、素手《すで》の俺にはドレインタッチぐらいしか攻撃《こうげき》手段がない訳だが。

「あら？　逃げてる最中に落としてきたのかしら。まいったわね、アタシの暗視じゃ、完全な暗闇《くらやみ》だとそこまでハッキリ見えないんだけど……」

ふと気づく。今のこの状況《じようきよう》なら、別に戦う必要もない事に。

俺はそっとシルビアの背後に忍《しの》び寄ると。

「ねえ。あなた、灯りなんて持ってない……」

何かを言いかけたシルビアを。

ドンッ。

「えっ」

――真っ暗な地下格納庫の中に突き飛ばした。

2

「――ッ!?　――ッ！　――ッッッッ!!」

シルビアが何かを喚《わめ》いている。

入り口が再び閉じた格納庫の中から、ドンドンと扉を叩《たた》きながら。

「カズマ！　無事でしたかっ!?　シルビアはどこに!?」

背後からの声に振り向くと、慌《あわ》てた様子のめぐみん達が駆《か》けつけてきた。

めぐみんが集めたのか、ゆんゆんやぶっころりーなどの見知った顔もある。

「遅《おそ》かったな。シルビアなら俺の華麗《かれい》な機転により、この中に閉じ込めてやった。中からは開けられないみたいだし、このまま一月《ひとつき》も放置しとけば静かになるんじゃないかな」

それを聞いためぐみんが、中から聞こえる微《かす》かな罵声《ばせい》に幾分《いくぶん》引いた表情で。

「な、中に閉じ込めちゃったんですか!? まあ、さすがに中の兵器は動かせないでしょう。誰にも起動方法が分かりませんからね。しかし、シルビアはよく封印が解けましたね」

……俺が封印を解いちゃったって事は、内緒《ないしょ》にしておこう。

「ま、魔王の幹部が、閉じ込められ干乾しにされるとか……。こんな倒《たお》され方はいくら何でも憐《あわ》れなのでは……」

ダクネスが、中から叩かれる扉に目を向け、憐れむ中。

「俺達が何度も取り逃がしたシルビアを捕《つか》まえるとは、やるね外の人!」

「この人達は魔王軍の幹部を三人も仕留めたらしいしな、今更《いまさら》シルビアぐらいどうって事なかったんだろう」

集まって来た紅魔族達が、口々に褒《ほ》め称《たた》えてくる中、アクアが言った。

「ねえカズマ、ここって危ない兵器が保管されてるところじゃなかったの？ そんなところにあのオカマを閉じ込めちゃって大丈夫なの？」

アクアの言葉に紅魔族の人達が。

「なーに、俺達にすら使用法が解読できないんだ、シルビアにそれができるはずがないさ」

「ああ、もしシルビアが兵器を起動できたなら、逆立ちしながら里を一周してやるよ」

「さーて。帰って一杯《いっぱい》やるかあ！」

「……なあ、この人達ってワザと言ってんのか？　紅魔族って、トラブルやなんかに自分から首突っ込む習性でもあるのか？　フラグ立てなきゃ気がすまないのか？」

「ま、まあ、紅魔族がトラブルに首突っ込みたがるのは否定はできませんが、大丈夫ですよ。中が静かになりましたし。酸欠でも起こしたのかもしれません」

その言葉に耳を澄《す》ませば、先ほどまでの罵声がいつの間にか止《や》んでいた。

どうにも嫌《いや》な予感がするが、大丈夫《だいじょうぶ》だよな？

だって、中の兵器は誰にも動かせないって……。

「む？　……おいカズマ、何だか地面が揺れていないか？」

ダクネスが足下《あしもと》を何度も踏《ふ》みしめながら、そんな事を。

「おい、何かヤバいぞ！　嫌な予感がする！　ここは逃げた方がいいんじゃあ……！」

「ちょっとどうしたのよカズマ。せっかく魔王の幹部を倒したのよ？　ねえねえ、今回はカズマ一人で倒した様なもんだけど、私達はパーティーなんだし賞金は山分けよね？

ね？　ふふ、シルビアの賞金で、何を買おうかしら！」

そんな事言って浮《う》かれるアクアを見た俺は、間違《まちが》いなく何かが起こると確信する。

「毎度毎度お前ってヤツは、どうしてそうフラグを立てるんだ！　おいめぐみん、ダクネス！　一旦《いったん》引くぞ！　いや、ていうかもう紅魔族の人にアクセルへのテレポートを……」

俺が言いかけたその時。突如《とつじょ》地面が盛り上がると、辺りに土砂《どしゃ》が飛び散った。

土煙《つちけむり》が舞《ま》う中で月の光を浴びるのは……。

「アハハハハハハッ！　やってくれたわねボウヤ！　アタシ達が、ただ兵器を持ち出すだけだとでも思った？　アタシの名はシルビア！　見ての通り――」

下半身を、巨大《きよだい》なメタリック色の蛇《へび》の胴体《どうたい》と化しながら、

「兵器だろうが何だろうが、身体《からだ》に取り込んで一体化する力を持つ……。魔王軍の幹部が一人！　グロウキメラのシルビアよ！」

勝ち誇《ほこ》った高笑いを上げるシルビアだった――

「『魔術師殺《まじゅつしごろ》し』！　『魔術師殺し』が乗っ取られたぞ！」

紅魔族の悲鳴が上がる。

魔術師殺し？

「あわわわ、ヤバいですカズマ、ヤバいです！　逃《に》げましょう、今すぐここから逃げましょうっ！」

さっきまでの威勢《いせい》はどこへやら、青い顔のめぐみんがグイグイと袖《そで》を引っ張ってくる。

というか、あれだけ余裕《よゆう》があった紅魔族達がついてるのだ。

彼らならきっと切り札が――

「おいまさかの『魔術師殺し』だ！」

「里を捨てよう！　これはダメだ！」

「『テレポート』！」

なさそうだった。

「おいめぐみん、どういう事か説明しろよ！　魔術師殺しって何だ？　アレってヤバいのか⁉　アレが世界を滅《ほろ》ぼしかねない兵器ってヤツなのか⁉」

逃げ惑《まど》う紅魔族を尻目《しりめ》に、逆境に弱いめぐみんをガクガクと揺《ゆ》さぶると。

「世界を滅ぼしかねない兵器というのは、アレではない筈《はず》です……！　でも、シルビアが一体化したアレは、同じくらい危険な『魔術師殺し』と呼ばれる物で……！」

同じく青い顔をしたゆんゆんが。

「魔法が効かないという特性を持つ、私達紅魔族の天敵、対魔法使い用の兵器です！」

――ダメじゃん。

3

カップル御用達《ごようたし》の魔神《まじん》の丘《おか》に、紅魔族と共に避難《ひなん》した俺達は、燃え盛る紅魔の里を見下ろしていた。

「里が……燃えていく……」

聞こえてきた小さな呟きにそちらを見ると、めぐみんと同じ様な眼帯を着けた女の子が、悲しげな表情で紅魔の里を目に焼きつけていた。

里では、ラミアの様な姿になったシルビアが、口から燃え盛る炎《ほのお》をまき散らし、里を真っ赤に染め上げていた。

紅魔族の人達は、多くの人がテレポートの魔法《まほう》を使える。

なので人的被害《ひがい》はなかったものの、里の住宅地が炎に包まれていた。

それを見て、胸の辺りが痛くなる。

お、俺が封印《ふういん》を解除したから？

いやでも、あの状態ならしょうがないよな？

そもそも、兵器の起動方法や使い方が分からないって言っていたからこそ、我が身かわいさに解除したんだし……。

「しかし、シルビアは一体どうやってあの封印を解いたんだろう」

どこからともなく聞こえてきた声に、俺は思わずビクッと震《ふる》えた。

「結界殺しでも持ってきたとか？　でも、あの封印は結界殺しじゃどうにもならないはずだしなあ……」

続く声に、ドキドキしながら燃え盛る里を見下ろしていると……。

「何にせよ、もうこの里は捨てるしかない。魔王《まおう》軍の思い通りにいくのは癪《しゃく》だが、生きていればまたやり直せる」

族長が真面目《まじめ》な顔でそんな事を呟《つぶや》いた。

……どうしよう。

マジどうしよう、この空気。

ヤバい、俺が原因か？

俺があっさり解除したから？

「な、なあめぐみん。あの魔術師殺しってのは、本当にどうにもなんないのか？」

隣《となり》に佇《たたず》むめぐみんに、苦し紛《まぎ》れにそんな事を言ってみるが。

「先ほども言いましたが、魔術師殺しはその名の通り、対魔法使い用の兵器です。あれには魔法がほとんど効きません。その昔、突如暴走して猛威《もうい》を振《ふ》るった魔術師殺しですが、私達のご先祖様が、現在、地下格納庫に封《ふう》じられている兵器を使い、何とか破壊《はかい》したと伝えられています。せっかくなので、記念に残しておこうと魔術師殺しを修理して、再び封印を施《ほどこ》したらしいのですが……」

「なんでそんな物騒《ぶっそう》な物を、そんなしょうもない理由で大事に取っとくんだよ！　……いや待て、今もあの中には、魔術師殺しに対抗《たいこう》できる兵器が眠《ねむ》ってるって事だろ？」

毒を使う場合は解毒剤《げどくざい》も持ち歩くものだ。

万が一暴走しても止められる様、魔術師殺しの保管場所にそれを破壊できる兵器も残しておく。

よくある話だし、考えてみれば当たり前の事だ。

きっと紅魔族のご先祖様も、魔術師殺しが再び動き出した際に破壊できる様、保険としてその兵器を保管しておいてくれたのだろう。

なら、それを使えば――

そんな、俺の考えを察したのか。

「……カズマ。残念ですが、魔術師殺しを仕留めたその兵器は、誰《だれ》にも使い方が分からないのです。使用法を記したと思われる文献《ぶんけん》も残されてはいるのですが、里の族長ですら解読が不可能な文字でして……」

めぐみんが、燃える里の姿をしっかりと目に焼きつけながら言ってくる。

知能の高い紅魔族だ、そんな考えにはとっくに辿《たど》り着いていたのだろう。

魔法が効かないとなると、正直俺達には打つ手がない。

長身のシルビアが小さく見える程《ほど》の巨大な蛇の胴体。

あんなものにダクネス以外の人間が巻き付かれたら、即座《そくざ》に押し潰《つぶ》されるだろう。

……打つ手無しか。

そう思っていた時だった。

「ふむ。……では私が囮《おとり》になって、シルビアを引きつけてこよう。紅魔族達の援護《えんご》があれば、そう簡単に殺《や》られはしないだろう」

そんなバカな事を言い出したのは、もちろんウチの脳筋だった。

「お前は何を言ってんの？　打つ手が無いって分かんないの？　バカなの？　ゴブリンですら勝てない戦いは避《さ》けるってのに、お前の頭はゴブリン以下なの？」

「お、お前とは、アクセルに帰ったら決着をつける必要があるな！　先ほどの私への暴言も、しっかり覚えているからな！　大体、私にはちゃんと考えがあって言っている」

……考え？

「私が引きつけている間に、暗視が可能なお前とアクアは、潜伏《せんぷく》スキルであの破壊された地下格納庫に侵入《しんにゅう》する。そこで、その兵器とやらを持ってこい」

「……その肝心《かんじん》の兵器が、使い方が分からないって言ってんのに。お前、ちゃんと話聞いてんのか？」

呆《あき》れた様に言ってやると、ダクネスが。

「もちろん聞いたし理解もしている。だが、使い方が分かればどうにかなるのだろう？　なら、手をこまねいているよりは行動した方がマシだ。大丈夫だ、その兵器とやらがどんな物かは知らないが、貴族である私は魔道具《まどうぐ》の扱《あつか》いにはそこそこ詳《くわ》しい。昔、お父様の魔道カメラを叩《たた》いて直した事がある」

想像以上に脳筋なお嬢《じょう》さまの発言に、俺が立ちくらみを覚えていると。

「……いいですね。やってみましょうか」

意外にも、一番反対するかと思われためぐみんがその話に乗ってきた。

「一か八《ばち》か、みたいなこんな展開は嫌《きら》いじゃないわ！」

「むしろ大好物だ！　あんた達、外の人なのに分かってるな！」

それどころか、紅魔族の人達までもがいきり立つ。

どうやら彼らの琴線《きんせん》に触《ふ》れてしまったらしい。

普段《ふだん》ならそんな危ない事は遠慮《えんりょ》なく断れるのに、さっきの眼帯少女の寂《さみ》しげな顔が、脳《のう》裏《り》に張りついて離《はな》れない。

クソ、ちょろっと潜《もぐ》って、兵器とやらを持ち帰ってくるだけだ、それで罪滅《つみほろ》ぼしになるのなら……！

「ねえ、里で魔王の幹部が暴れてるのに、あんな所に潜り込みに行くなんて危ない事、したくないんですけど！　私の仕事は安全なところからの支援《しえん》なんですけど!!」

「駄々《だだ》こねてないで一緒《いっしょ》に来い！　俺一人じゃ物を探すのも大変なんだよ！」


俺は嫌《いや》がるアクアを引き連れて、謎《なぞ》の施設の隣にある、地下格納庫へと……！

4

シルビアをおびき寄せるように、遠くから様々な攻撃《こうげき》魔法を撃《う》ち込む紅魔族。

里の人達はシルビアに近づかれると距離《きょり》を置き、そしてまた魔法を放つスタイルを取っていた。

だがどの魔法も効果はなく、シルビアにダメージを与《あた》えられないでいた。

「無駄《むだ》な足掻《あが》きもいいところね。あなた達紅魔族は、もう少し頭が良い種族だと思ってたんだけど？」

メタリックな胴体《どうたい》をくねらせて、紅魔族をからかうシルビア。

立場が逆転したシルビアは、今までの恨《うら》みを晴らすかの様に、こちらを嬲《なぶ》るつもりらしい。

だが、からかう様な口調のシルビアも、距離を取って戦う里の人々には、なかなか攻撃を加える事ができず、焦《じ》れている様だ。

蛇《へび》型の兵器と一体化した身体《からだ》にまだ慣れていないのか、移動速度は極《きわ》めて遅《おそ》い。

と、焦れたシルビアが、数人の紅魔族に向けて息を吸い。

激しい殺意と敵意を持った目で、その数名の集団に向け灼熱《しゃくねつ》の炎を吐《は》き出した。

燃え盛る業火《ごうか》が紅魔族を包み込もうとする寸前、その中の一人がすかさず唱える。

「『テレポート』！」

瞬間《しゅんかん》、その数名の紅魔族は、炎にのまれる寸前で掻《か》き消えた。

テレポート係と攻撃係を交ぜ合わせ、詠唱《えいしょう》を終えて待機しているテレポート係が、緊《きん》急《きゅう》時にはいつでも脱出《だっしゅつ》可能な様にしているのだろう。

そんな中、攻撃を加えようとした瞬間に獲物《えもの》に逃《に》げられ、イライラしたシルビアが、一人の女性に目をつけた。

他《ほか》の者に魔法を叩き込まれながらも目もくれず、一番近くにいたその女《ひと》のみを追いかける。

どうやらシルビアは、一人一人仕留めていく戦法に切り替《か》えた様だった。

それを遠巻きに見ていた男が悲痛に叫《さけ》ぶ。

魔王軍遊撃《ゆうげき》部隊のリーダー、ぶっころりーだ。

「やっ、止《や》めろシルビアーっ！　頼《たの》む！　その人には手を出すなっ！」

シルビアに狙《ねら》いをつけられた、木刀を握《にぎ》ったその人には見覚えがある。

確か、ぶっころりーと共に、里に襲撃《しゅうげき》してきた魔王軍に対し、強力な魔法を使っていた……。

あの女の人は、ぶっころりーの恋人《こいびと》か何かなのだろうか。

ぶっころりーは、シルビアに向けて悲痛な叫び声を上げ、懇願《こんがん》する様に地に膝《ひざ》をつき、シルビアと対峙《たいじ》する女性の動向を見守っていた。

その声を聞きながら、シルビアはこれ以上にない程の、愉悦《ゆえつ》に満ちた笑《え》みを浮《う》かべ、

「あなた達も、アタシの部下を皆殺《みなごろ》しにしてくれたじゃないの、そのお返しよ！　安心な

さいな、この女だけじゃなくあなたも、その家族も皆！　この里ごと焼き払《はら》ってあげるわ！　……さあ、覚悟《かくご》なさいなっ！」

煮《に》え湯を飲まされ続けてきた紅魔族に、ようやく一矢《いっし》報《むく》いる事ができると、シルビアが叫びを無視して女性に迫《せま》る。

木刀を手にしていたその女はニコッと笑い、悲痛な表情を浮かべるぶっころりーへ呼びかけた。

「あなただけでも逃げて……。あなたが逃げ切れる様に、せめて私の最後の力でシルビアへと仕掛《しか》けてみるから！」

お、おい止めろ！

俺が我が身かわいさに封印解いたせいで、ついに犠牲者《ぎせいしゃ》が……！

飛び掛《か》かろうとするシルビアを、その人はキッと強い決意を秘《ひ》めた目で睨《にら》み返す。

「シルビア、これが私の切り札よ！　その目でよく見ておきなさい！　そして……」

言いながら、その女はぶっころりーをチラリと見て、儚《はかな》く笑った。

「お願い、ぶっころりー。……私の事は忘れて、あなただけでも幸せになって……」

「そけっと！　頼むシルビア、止めてくれ！　そけっと、俺はお前の事が……っ!!」

おい、止めろ！　ちくしょう、止め………！

「いい覚悟だわ！　さあ、あなたの最後の切り札を見せてご覧なさい！　どんな魔法《まほう》でも受け止めて」

「『テレポート』」

シルビアが何かを叫ぶ中。

テレポートの声と共に、その姿が掻き消えた。

それを見て、今まで悲痛な表情を浮かべていたぶっころりーは、何事もなかったかの様に真顔に戻《もど》り、膝を払いながら立ち上がり、平然とシルビアを眺《なが》めている。

盛り上がっていたところを突然《とつぜん》標的に逃げられて、シルビアが寂《さび》しそうに呟いた。

「アタシ、あんた達紅魔族が大っ嫌《きら》いよ」

……気持ちは分かる。

5

シルビアの前に、紅魔族の男が立ち塞《ふさ》がった。

そして、物憂《ものう》げな表情で……。

「シルビア。酷《ひど》い姿になったなあ……。せめて、俺の切り札で今楽に……おわあっ!?　あ、熱いじゃないか、人の決め台詞《ゼリフ》を聞かないのはマナー違反《いはん》だぞシルビア！」

シルビアに何かを言いかけた男は、炎《ほのお》のブレスを吹《ふ》きかけられて慌《あわ》ててその場から飛び退《の》いた。

「もうあんた達に付き合ってられないのよ！　戦う気がないのなら、とっとと失《う》せなさいな！」

紅魔族による度重《たびかさ》なる挑発《ちょうはつ》に、シルビアが冷静さを欠いていた。

地下格納庫から離れた今が頃合《ころあ》いだろう。

本当は逃げたいところだが、今回ばかりは封印《ふういん》を解いた俺に原因がある。

「よし、行ってくる！　おいダクネス、紅魔族の連中が追い詰《つ》められたなら、その時は頼むぞ。いくらあいつらが強いとは言っても、魔法使《まほうつか》いだ。魔力《まりょく》を使い果たしたら、テレポートで逃げる事もできないからな」

「分かった、私に任せておけ！」

力強く頷《うなず》くダクネスの隣《となり》ではめぐみんが。

「わ、私はどうすればいいですか？　テレポートが使えない私は、時間稼《かせ》ぎもできそうにないのですが……」

　そんな事を言いながら、不安そうな表情で見上げてきた。

「お前はイザって時の切り札だ。魔術師殺《まじゅつし》しには魔法が効きにくいってだけなんだろ？　上級魔法は効果がないみたいだが、今まで魔術師殺しに、爆裂《ばくれつ》魔法を試《ため》した奴《やつ》なんていないんじゃないのか？　もしかしたら、爆裂魔法でならダメージを与えられるかも知れないだろ？」

　俺はめぐみんに、そんな言い訳をし、ごまかした。

　コイツには今回、魔法を使わせる気はない。

　ゆんゆんから、この里の人間に、爆裂魔法しか使えない事を知られるのはマズイと聞いていたからだ。

　切り札という俺の言葉に納得《なっとく》してくれためぐみんは、杖《つえ》を握って鼻息を荒《あら》くしている。

　遠くでは、今も紅魔族達がシルビアを引きつけて……。

「アハハハハハハ、どうしたのかしら!?　ほら、早くテレポートを使ってみなさいな！」

「ちょ、まだ詠唱が……！　おいヤバいぞ、シルビアの動きがどんどん良くなってきた！」

　……いや、あの体に慣れてきたシルビアは、既《すで》に引きつけるという段階は越《こ》えて、紅魔族が純粋《じゅんすい》に追われていた。

「ねえカズマ、格納庫の入り口の守りは私に任せておきなさい。安心して中の探索《たんさく》をして頂戴《ちょうだい》」

「すっとぼけた事言ってないで、お前も一緒に来るんだよ！」

最後の最後まで駄々をこねるアクアを連れて、シルビアに向けた魔法が飛び交《か》う中を、潜伏《せんぷく》スキルで隠《かく》れながら進んでいく。

やがて格納庫の前に辿《たど》り着くと、シルビアが中から破って出てきた所から侵入《しんにゅう》する。

チラリとシルビアの方を見ると、未《いま》だ紅魔族を追いかけ回すのに夢中な様だ。

そろそろ夜明けが近いのか、山の向こうが明るくなってきていたが、格納庫の中は真っ暗だ。

暗視ができるアクアと共に中に下りると、例の兵器とやらを……。

「……おい、こん中から探すのか？」

地下格納庫の内部の中央には、用途《ようと》も分からない大量の魔道具《まどうぐ》が山の様に積まれていた。

この中にあるのかも分からなければ、どれが問題の兵器なのかすら……。

「ねえねえカズマ、これ見て、これ！」

どうしたもんかと悩《なや》む俺に、アクアが嬉々《きき》として拾ってきた物を見せびらかした。

それは……。

「ゲームガールじゃねーか！　そんな古いゲーム機が、なんでこんな所にあるんだよ!?」

その昔、まだ俺が生まれる前に流行《はや》った日本の携帯《けいたい》型ゲームがそこにあった。

アクアはゲーム機を床《ゆか》に置くと、魔道具の山を漁《あさ》り出す。

「ゲーム機があるのなら、ゲームソフトもあるはずよね。ねえカズマ、もしトテリスのソフトを見つけたら、私に頂戴？　カズマにも貸してあげるから」

「誰《だれ》がゲームソフト探せっつった、探すのは兵器だよ！　それらしい物はどっかにねーのか！　……ってか、何なんだよここは。どうしてこんなに地球の物が……」

大量の魔道具の山の正体は、そのほとんどが地球の物と思われるゲーム機ばかりだった。

ゲーマーとして心が疼《うず》くが、今はそれどころじゃない。

しかし、そのどれもが妙《みょう》に歪《ゆが》んでいる。

まるで、素人《しろうと》が無理やり作り上げたみたいな……。

と、部屋の隅《すみ》で何かを見つけたらしいアクアが俺を手招きした。

「ねえカズマ、こんな物見つけたんだけど」

そう言って、アクアが見せてきたのは一冊の手記だった。

俺はアクアの傍《そば》まで行くと、横から手記を覗《のぞ》き込む。

そこには、紅魔族が言うところの古代文字が並んでいる。
……そう、手記は日本語で書かれていた。
アクアは、手にした手記を読み上げていく──

「──○月×日。ヤバい、この施設の事がバレた。でも幸いな事に、俺が作った物が何なのかまでは分からなかったらしい。国の研究資金でゲームやオモチャ作ってた事が知られたら、どんな目に遭《あ》わされるやら……」

なるほど、色んな事に合点《がてん》がいった。
この施設は、俺より先にこの世界へ送られてきた日本人が作ったのだろう。
だから入り口の暗証番号が小並コマンドだったりしたのだ。
となると、手記に何かの手がかりがあるかもしれない。

「──○月×日。俺の楽園に踏《ふ》み込んで来たお偉《えら》いさんが、ゲームの用途を聞いてきた。オモチャですよなんて素直《すなお》に言える訳がない。これらは、世界を滅《ほろ》ぼしかねない兵器ですと、真面目《まじめ》な顔して適当ぶっこいといた。同僚《どうりょう》の女研究者が、『こ、これが……』とかおののいてた。ゲームガールのスイッチを勝手に入れて、ピコーンって起動音にビクッとしてた。普段気《ふだんき》が強いクセに、なにゲーム機相手にビビッてんスか？」

……？

何だろう、この違和感《いわかん》は。

「――○月×日。俺の研究に多くの予算をつけてやると言われた。その代わり、魔王《まおう》に対《たい》抗《こう》できる兵器を作れとの事。いやそんな事言われても。俺がこの世界に来た時もらったチートト能力は、既に散々使ったじゃん。十分国に貢献《こうけん》したじゃん。これ以上を求められたって無理ですよ。『争いは何も生み出さない……』とか真面目ぶって言ってみたら、女研究者に引っ叩《ぱた》かれた。魔王との争いがあるからお前の仕事もあるんだよと怒《おこ》られた。そりゃそうだ。でも魔王に対抗できる兵器っていっても何作ろう？」

そう、違和感だ。

俺は過去にも、こんなおちゃらけた感じの手記を聞いた様な……。

そんな俺の違和感をよそに、アクアがなおも手記を読む。

「――○月×日。巨大《きょだい》人型ロボを作ろうと思う。変身合体できるヤツ。そんな計画書を出してみたら、舐《な》めんなって怒られた。俺は真面目に言ってるのに。開き直って、魔法に強くてデカいの作っとけばいいいんじゃないっスかねと、鼻ほじりながら言ってみたらあっさり通った。何それ、そんなのでいいの？　設計図を作れと言われたが、一体何をモデルにしようか。……おっ？　丁度良いところに野良犬《のらいぬ》が。コイツでいいや、犬型兵器、『魔術師殺し』と名付けてやろう」

……犬型兵器？

「――○月×日。設計図を提出したら、『なるほど蛇《へび》か、脚《あし》を付けるよりも楽そうだし考えたな』と褒《ほ》められた。いや、それ犬のつもりなんですが。絵心ないのは分かってるけどちゃんと見ろ。胴体《どうたい》が長い犬だろうが。……あらためて見てみると、蛇だわこれ」

…………。

「――○月×日。実験開始。うん、ちゃんと動いた。動いたけど、バッテリーが持たないわこれ。魔族相手にけしかけてみたけどすぐ動かなくなった。でも、連中はなんか勝手にビビってた。丁度いいわ、これは我々人類の手に余るとか言って、ここにしまっとこう。バッテリーがないから動かないけど、その内キメラの材料にして生体兵器にできないかな。それができたらバッテリー要《い》らずだし、格好良さそうなのに」

ああ、何となく分かった。
この手記を書いた奴は、多分アレを作った奴と同一人物だ。

「――○月×日。対魔王用の新兵器できた。といっても、要は改造人間なんですがね。国の人間の中で、改造手術受けたい奴を募集《ぼしゅう》してみたら、抽選《ちゅうせん》で選ばなきゃいけない程《ほど》の人気になった。皆《みんな》どれだけ改造人間に憧《あこが》れ抱《いだ》いてるんだよ。いいのか？　手術後は記憶《きおく》がなくなるんだぞ？　手術希望者に、魔法使い適性を最大レベルに上げるだけの簡単な手術ですよと説明したら、希望者達が、ついでに紅目にして欲しいだの、一人一人の体に機体番号とかはつかないのかだのとワガママ言い出した。この国はこんな連中ばっかなのか」

というか、こんな舐めた事書く奴がそう何人もいても困る。

「──○月×日。改造手術がようやく終わった。『マスター、我々に新しい名を』とか言ってきた。マスターって誰だよ、お前らどんだけなりきってんだよ。面倒臭《めんどうくさ》いから適当なあだ名を付けてやった。何か喜んでた。こいつらの感性どうなってんだろ。でも、こいつら強い。すげえ強い。なんかお偉いさんに褒められた。出世させてくれるそうだ。俺、明日《あした》から所長だってよ。でもぶっちゃけ、地位はいらないからボーナスくれ。ああ、せっかくだからこいつらに種族名でも付けてやろう。目の色に合わせて『紅魔族』。女研究者に安直過ぎだろってバカにされた。こんちくしょう」

「ちょっ!?」

思わず声が出てしまい、アクアが読むのを止めて俺を見る。

「わ、悪い、続けてくれ」

紅魔族が改造人間？

いきなり重そうな話に……、

「——○月×日。紅魔族の連中が、我々の天敵である『魔術師殺《まじゅつし》し』に対抗可能な兵器が欲しいとごねだした。いやアレ動きませんよ？　大体、お前らの天敵として作った訳じゃないし、そもそもバッテリー切れてますから。いくらそんな説明をしても、誰一人聞く耳持たない。反抗期《はんこう》かよ。仕方ないから適当な武器を作ってやった。……適当に作るつもりが、何だか凝《こ》りすぎて凄《すご》い代物《しろもの》になった。これこそ世界を滅ぼしかねない兵器じゃね？　ていうかレーザー砲《ほう》みたい。電磁加速要素なんて一切《いっさい》ないけど、良い名前が思いつかないから便宜上《べんぎじょう》『レールガン（仮名《かめい》）』とでも名付けとこう」

……ならなかった。

「——○月×日。レールガン（仮名）凄《すげ》え、マジ凄え。正直、凄すぎて引いた。魔法《まほう》を圧縮して撃《う》ち出すだけのお手軽兵器だったはずなのに、連中に一発撃たせてみたら、あまりの威力《いりょく》にビックリした。何これ怖《こわ》い。とはいえ、こんな威力を誇《ほこ》るのも今だけだろう。あり合わせの部品で作った物だし、数発撃ったらぶっ壊《こわ》れそう。悪用されても怖いからしまっとこう。……というかこれ、長さが長さだし物干し代わりに丁度いいな。……しかしまいったな。紅魔族計画が上手《うま》くいった事で気を良くしたらしく、お偉いさん達が、莫大《ばくだい》な国家予算をかけて、超《ちょう》大型の機動兵器を作る計画を立てている。そんなもん、簡単にできると思ってんのかね。ほんとバカじゃねーの？　まあ、俺には関係ない話ですがね！」

……間違《まちが》いないな。

この手記を書いたのは、

「これで終わりみたいね。……ねえ、何だか私、この人の字に見覚えがあるんですけど」

機動要塞《ようさい》デストロイヤーを作り、中で白骨化していた研究者だ。

この手記の記述からすると、多分この後にデストロイヤーを作ったのだろう。

「ていうかお前、以前機動要塞デストロイヤーの中で手記を読んでたろ。多分その手記と同じ筆跡《ひっせき》なんじゃないか？」

俺の言葉に、アクアがおおっと手を打った。

というかコイツ、筆跡鑑定《かんてい》なんて特技も持ってたのか。

……いやちょっと待て。

「おい、以前デストロイヤーの中で読んだ手記も、ひょっとして日本語で書かれてたのか？」

「そーだけど」

「そーだけどじゃねえよ、なんでそんな大事な事を言わなかったんだよ！」

「だ、だってそんな事聞かれなかったんだもの！」

アクアの言葉に、痛む頭を押さえながら。

「クソ、つまりはアレか！　こんな騒《さわ》ぎになったのも、お前が適当に送った、名前も知らないチート持ちが原因なのか！　デストロイヤーといい魔術師殺しといい、コイツは何やらかしてくれてんだよ！　お前、適当に誰《だれ》でもポンポン送り込むんじゃねーよ！　……って、ちょっと待てよ？」

ハタと気づいて動きを止めた俺に、アクアがキョトンと首を傾《かし》げた。

「……なあ、今まで特に気にしなかったが、お前って今幾《いく》つなの？　少なくとも、機動要塞デストロイヤーが作られる前から、お前は女神《めがみ》をやってたって事だよな？」

バサッという音と共に、アクアが手記を床《ゆか》に落とした。

「……ねえカズマ、女神に年聞くってどういう事？　あんた、そろそろ本気で罰《ばち》当てるわよ？　……言っておきますけど、私があなたと出会ったあの部屋では、時間の流れが凄くゆっくりなんです。つまり、あなたのいうところの年齢《ねんれい》計算では、私の年齢を表すことができないという事。その辺が分かったなら、二度とこんな質問はやめてください。でないと本当に天罰《てんばつ》を与《あた》えますよ佐藤和真《さとうかずま》さん」

妙《みょう》に真面目ぶった口調でそんな事を言ってくるアクアに向けて、俺は聞こえるか聞こえないかぐらいの小さな声で呟《つぶや》いた。

「なんだ、ババアか……」

「なんですってえええええ！　ふざけんじゃないわよあんた誰がババアよ住んでた場所の時間の流れがゆっくりだからあんたよりも長く生きてるだけよ訂正《ていせい》しなさいよわあああああああああーっ！」

——今俺の目の前にある物は、どれもこれもがゲーマーとしてはぜひ持って帰りたい代物ばかりなのだが、今はそれどころではない。

「クソッ、どこだよレールガン！　物干し竿並みの長さってんなら、すぐ見つかるはずだろうに！」

俺がゲーム機や家電製品の山から電磁加速砲（仮名）とやらを探す中。

「ねえカズマ、日本と天界とこの世界はね、それぞれ時間の流れる速さが違《ちが》うの。例えば、日本での一ヶ月が天界ではほんの一時間程度だったり。でも、この世界では数ヶ月ぐらいだったりもするの。だからね？　私の年齢は……。ねえ聞いてる？」

アクアが先ほどから、そんな言い訳臭《くさ》い事を言っていた。

「そんな事どうでもいいから、お前も探すの手伝えよ！　レールガンだよレールガン！

物干《ものほ》し竿《ざお》くらいの長さのヤツで……」

……物干し竿くらいの長さのヤツ？

レールガン？

いや待て。最近、そんな感じの物をこの里で見た記憶がある。

そうだ、あれは確かちぇけらとかいった服屋の店主が……！

「おいアクア！　分かったぞ、例の兵器がある場所が……！」

言ってアクアへ振《ふ》り向くと。


ピコーン！


「ねえ、これちゃんと動くわよ。電池の代わりに魔力《まりょく》を使うみたいね。ソフトは何本あるのかしら、できれば全部持って帰って……」

俺は無言でゲーム機を取り上げると、それを大きく振りかぶり……。

「おらあああああああ！」

「わああああああ！　私のゲームガールー！」

6

里のあちこちから火の粉が降る中、俺は必死にひた走る。

……アクアのやかましい声を聞きながら。

「返してよ！　私のゲームガールを返してよー！　この世界じゃもう手に入らないんだからね！　弁償《べんしょう》して！　街に帰ったら貰《もら》えるお金で弁償して！　もう手に入らない希少価値を考えたなら、三億だって安いものだわ！」

「さっきからうるせーぞ！　今はそれどころじゃねーんだよ!!　そもそもアレは落ちてた物で、お前のじゃねーだろーが！　俺より遥《はる》かに年上のクセに、子供みたいな事言ってんじゃねーよ！」

「あんたとうとうこの私を怒《おこ》らせたわね、女神は年を取らないって言ってるのに！　水の女神を怒らせた事を後悔《こうかい》なさいな！　トイレの水が流れなかったり、シャワーのお湯が急に水になる呪《のろ》いをかけてあげるわ！」

地味な天罰を挙げるアクアをあしらいながら、俺はようやく服屋の前にやって来る。

店の庭には、鈍《にぶ》い銀色のライフルが物干し台に鎮座《ちんざ》していた。

デストロイヤーといい魔術師殺しといい、これを作った奴《やつ》に殺意が芽生えてくる。

ていうか、なんでこんな所にあるんだよ、ちゃんと大事に保管しておけ。

里の連中も連中だ、こんな物騒《ぶっそう》な物を物干しにすんなと一日かけて説教してやりたい。

長さにして三メートルを超《こ》えるだろうか。

銀色に輝《かがや》くソレを担《かつ》ぎ上げようとするも、その重量に一人で運ぶのは無理だと判断し、アクアにも手伝ってもらう。

ライフルの後部には魔法を吸収するための機構だろうか、何かゴテゴテした物が付いている。

レールガンって名前は安易過ぎだが、見てくれは確かに未来兵器といった感じだ。

「よし、後はコイツを紅魔族の下へ持って行けば……。……ん？」

俺はふと、胸騒《むなさわ》ぎと共に違和感《いわかん》を覚えた。

いつの間にか、先ほどまで聞こえていた破壊《はかい》音が消えている。

不思議に思い辺りを見回す。

シルビアの巨体《きょたい》は、里のどこにいてもすぐに分かる。

遠く離《はな》れた場所で、シルビアはその動きを止めていた。

7

気づかれない様注意しつつ、ライフルを運びながらシルビアの近くまでやって来ると……。

動きを止めたシルビアは、ジッと一点を見つめていた。

その視線の先にいるのは——

「ゆんゆんじゃねーか！　あの子は一体何やってんだ……！」

見ればゆんゆんが、大きな岩の上に立ち、シルビアを睨《にら》みつけている。

俺は、なぜゆんゆんが一人で対峙《たいじ》していたのかに気がついた。

既《すで》に、他《ほか》の紅魔族達は魔力を使い果たしているのだ。

だが、紅魔族達がジッと見守っていたのは、それだけが理由ではないらしい。

「ゆんゆん……」

「ゆんゆんが……！」

「族長の娘《むすめ》のゆんゆんが……っ！」

まるで、憧《あこが》れのヒーローでも見るかの様な目で紅魔族の人々がゆんゆんを見守る中。

一人の紅魔族が呟いた。

「名前の名乗り上げすらも恥《は》ずかしがる変わり者のゆんゆんが、一体どういう風の吹《ふ》き回しだ……？」

アクアと共に、固唾《かたず》を呑《の》んで見守っていると。

シルビアが、ゆんゆんを前にして嘲笑《あざわら》うかの様にジリジリと距離《きょり》を詰《つ》めていた。

もう紅魔族の挑発《ちょうはつ》には目もくれないと思っていたのに、どういう事だろう。

そんな疑問は、次のシルビアの言葉と、ゆんゆんがシルビアの前に突《つ》き出した物を見て解消された。

「……確かにあなたの冒険《ぼうけん》者カードのスキル欄《らん》には、空間転移魔法《まほう》は記されてはいないわね。……いいの？　自分から、テレポートで逃《に》げられない事を教えちゃって」

俺がいなかった間の二人の会話の流れは分からないが、予想はつく。

ゆんゆんは、シルビアの注意をひくために、自分がテレポートで逃げられない事を明かしたのだろう。

今まで散々紅魔族の連中にからかわれたシルビアは、寸前でテレポートで逃げられる事に、よほどウンザリしていたらしい。

それが今、目の前にはテレポートが使えないと自ら教えるゆんゆんを見つけたのだ。

しかもゆんゆんは高い岩の上に登り、すぐさま逃げられるとも思えない場所にいる。

飛び降りる事はできても、そのまますぐ駆《か》け出したとして、遠巻きに見ている仲間の下へ着くより先に、シルビアに追いつかれるだろう。

いくら注意を逸《そ》らすとは言っても、どうしてこんな無茶《むちゃ》な事を……。

俺は、遠くのゆんゆんに呼びかけようとして、突然脇《とつぜんわき》から引っ張られた。

そちらを見ると、いつの間に隣《となり》にやって来ていたのか、こめっこの手を握《にぎ》っためぐみんと、なぜかションボリしているダクネスがいた。

「カズマ、例の兵器とやらは見つかりましたか？　私達は、こめっこが避難所《ひなんじょ》にいない事に気がついて、ゆんゆんがああしてシルビアの気をひいてくれている間に、家から救出したのですが……」

見ればこめっこは、眠《ねむ》そうな目でフラフラしていた。

どうもこの騒ぎの中、今までずっと家で眠っていたらしい。

なんとも、将来大物になりそうな子だ。

「助けてきたならそりゃ良かった。こっちも上手《うま》い事兵器を見つけられた。ていうか、ダクネスはどうしたんだ？　何かあったのか？」

「シルビアの注意を引こうとしたのだが……。最初は上手く囮《おとり》をこなせていたのだ。だがその内、お前みたいな硬《かた》くて攻撃《こうげき》力のない女の相手はしてられないと……」

寂《さみ》しげに俯《うつむ》くダクネスの頭を、アクアがぽんぽんと撫《な》でている。

防御《ぼうぎょ》力だけの女だと見抜《みぬ》かれ、相手してもらえなくなったのか。

今はそんな事より。

「しょうもない事情だという事はよく分かった。それより、あそこにいるゆんゆんを助けないと……」

「いえ、ここで邪魔《じゃま》してはいけません！　あの子は何かやる気です！　大丈夫《だいじょうぶ》、岩の周りの踏《ふ》まれた草を見るに、既に助けは入っています。ここは見守りましょう！」

めぐみんが、ワクワクと何かを期待した様な表情で言ってくる。

助けが入っている？

いや、見た感じ誰《だれ》もゆんゆんに近寄ろうとすらしていないんだが。

そんな、里の多くの紅魔族の注目を浴びるゆんゆんは、そびえ立つ高い岩の上が狭《せま》いからか、そのまま片足を鶴《つる》の様に上げてピタリとバランスを取り。

「我が名はゆんゆん！　アークウィザードにして、上級魔法を操《あやつ》る者……」

そこで遠目から、一瞬《いっしゅん》だけチラリと俺の隣に立つめぐみんを見ると。

「紅魔族随一《ずいいち》の魔法の使い手にして、やがてこの里の長《おさ》となる者！」

「ああっ⁉」

そんなゆんゆんの堂々とした宣言に、めぐみんが愕然《がくぜん》とした声を上げた。

紅魔族随一の魔法の使い手ってところに引っかかったらしい。

ゆんゆんは、紅魔族の人々の注目を集めたまま。

いつもの様にか細い声で恥ずかしがる事など一切《いっさい》なく、バサッとマントを翻《ひるがえ》し。

「魔王《まおう》軍幹部、シルビア！　紅魔族族長の娘として……！　あなたには、紅魔族の族長となる者にしか伝えられていない禁呪《きんじゅ》を見せてあげるわ！」

片手のワンドを高らかに掲《かか》げ、空に向かって軽く何かを呟《つぶや》いた。

それは、詠唱《えいしょう》を終えていた雷《かみなり》系の魔法だったのだろう。

朝の明るい空にも拘《かか》わらず、ハッキリと分かるほどの蒼《あお》い稲妻《いなずま》が、ゆんゆんのバックに轟音《ごうおん》と共に迸《ほとばし》った。

それはまるで、ヒーローが現れる時のエフェクトの様。

雷鳴《らいめい》が轟《とどろ》き背後に稲妻が迸る中。

そんな、決めポーズを取るゆんゆんを見ていた紅魔族の面々が、ハラハラと涙《なみだ》を溢《こぼ》した。

えっ。

「……うっ……うう……っ…………！」

その泣き声に隣を見ると、めぐみんまでもが泣いている。

……えっ。

俺の思考が止まる中、突然《とつぜん》紅魔族の人達が沸《わ》き上がった。

「ゆんゆん！　ゆんゆんが！　ゆんゆんが覚醒《かくせい》したぞ！」

「族長の娘ゆんゆんが、とうとう殻《から》を破って目覚めたんだ！」

「カッコイイ！　ゆんゆん、カッコイイ！」

「ゆんゆんが秘《ひ》めたる力に目覚めたんだ！」

「俺の生徒だから！　アレ、俺が鍛《きた》えた生徒だから!!　いいぞゆんゆん、俺が教えた事をちゃんと活《い》かしてくれてたんだな……っ！」

紅魔族の人達には、今のは飛び切り格好良い演出に映ったらしい。

今の一連の過程で、孤立《こりつ》気味だったゆんゆんは、どうやら里の住人達に本当の仲間だと認められたようだった。

一人のマトモな少女が、とうとう堕《お》ちてしまった瞬間《しゅんかん》である。

今は皆《みな》を助けたい一心で、恥ずかしげもなくやっているのだろう。

だが後日、ふと我に返ってこれを思い出した時、あまりの黒歴史ぶりに彼女がうっかり死のうとしないか、目を光らせておく必要がある。

何かが吹っ切れた様なゆんゆんは、シルビアと対峙したまま動かない。

ゆんゆんは、一瞬だけ自分の傍《そば》の何もない空間をチラと見た。

「どうしたの？　テレポートが使えないお嬢《じょう》ちゃん。奥義《おうぎ》だの隠《かく》し持った必殺技《ひっさつわざ》だの、口だけの紅魔族。その紅魔族の代表って事かしら？　そんなあなたはその禁呪とやらを見せてくれるんでしょうねえ？」

焦《じ》れたシルビアが挑発するも、ゆんゆんは一歩も動かない。

それを見て、シルビアがズゾッとゆんゆんに向かって這《は》いずり出した。

それを見ても、なおゆんゆんは動かない。

やがてシルビアが、溜《た》める様に体を沈《しず》めると、蛇《へび》の下半身を弓の様にしならせ、岩の上のゆんゆんに向けて襲《おそ》い掛《か》かった。

それよりも一瞬早くゆんゆんが岩から飛び降り、そのまま駆ける！

そんなゆんゆんを、今まで散々紅魔族達にからかわれ、逃げられたために怒《いか》りに目を血走らせたシルビアが。

「逃《のが》さないわよ、逃さないわよ、逃さな…………!?」

狂喜《きょうき》しながらゆんゆんを追いかけようと、飛び乗った岩の上からゆんゆんを見て、シルビアがピタリと動きを止めた。

ゆんゆんが向かう先に、見えない何かを見つけた様に。

どうしたのかと見ていると、ゆんゆんが駆けた先、その何もない空間に、突如《とつじょ》として二人の男女が現れた。

ぶっころりーとそけっとだ。

どちらか片方の光の屈折《くっせつ》魔法で姿を消してあそこまで近づき、今、その術を解除したのだ。

そして、二人いるという事は、既《すで》にもう片方が、テレポートの魔法の詠唱を終えた状態なのだろう。

ゆんゆんが二人の傍に駆け寄ると、それを見たシルビアが慌《あわ》ててその手を伸《の》ばし……！

「ちょ……！　待……！」

「『テレポート』！」

これは酷《ひど》い。

紅魔族が固唾《かたず》を呑《の》んで見守る中。シルビアが、カタカタと震《ふる》えだした。

「………ウフフフッ、アーッハッハッ！　どいつもこいつも、何が最強の魔法使《まほうつか》い集団紅魔族よ！　ただの口だけの根性《こんじょう》無し集団じゃないの！　そんなあんた達紅魔族と関わる者も、みんな根性無しのヘタレだわ！」

シルビアが、怒りのためか、おかしさのためか。

ともかくも、その体を震わせながら哄笑《こうしょう》する。

そんなシルビアから、一定の距離《きより》を取って隠れている俺達は。

「おいアクア、アイツが隙《すき》だらけな今の内に攻撃の準備だ。さっきお前がシルビアに使って、ドレスをズタズタにした破魔魔法《はままほう》を、圧縮してぶちかますぞ。俺達が頼《たの》まれたのはこれを取ってくる事だが。ここは俺達が、格好良くトドメを刺《さ》してやろうぜ」

「ほう、いよいよこの私の出番な訳ね。いいわ、美味《おい》しいところは任せておきなさいな」

事前の前置きなんて必要ない。

隙だらけなアイツの方が悪いのだ。

魔法の準備ができたのか、アクアがコクリと頷《うなず》いた。

俺は潜伏《せんぷく》スキルで攻撃の気配を悟《さと》られない様にしながら、狙撃《そげき》スキルで狙《ねら》いを合わせた。

標的は、未《いま》だ高笑いを上げるシルビアだ。

何だかスナイパーの気分だが、ここは数々のスナイプ系ゲームで鍛えた俺の腕《うで》の見せどころだろう。

「『セイクリッド・エクソシズム』！」

アクアが魔法を放つと同時、レールガン後部の吸魔口《きゅうまこう》が即座《そくざ》に魔法を吸収する。

「『狙撃』ッッッ！」

間髪《かんはつ》を容《い》れずにシルビアへ、圧縮した破魔魔法を撃《う》ち出すべく引き金を……！

……引き絞《しぼ》ったのだが、何も起こらなかった。

「あれっ」

カチカチと何度も引き金を引くも、何かが発射される気配はない。

「おいどうなってんだ！　壊《こわ》れてんのか？　安全装置でもついてたりして……」

慌てながらレールガンを揺《ゆ》さぶってみるも、どうにも動く様子はない。

「『セイクリッド・エクソシズム』！　『セイクリッド・エクソシズム』!!」

首を傾《かし》げる俺の隣《となり》では、魔法が吸い込まれるのが面白《おもしろ》いのか、アクアが何度も魔法を唱ろうか。


えている。

ううむ、昔からずっと物干《ものほ》し竿《ざお》として放置されてきた兵器だ、ガタがきてしまったのだ

「どれ、私に貸してみろ。こういった物はな、こうすれば動くんだ」

そんな事を言いながら、ダクネスがレールガンを叩《たた》き出す。

コイツは本当に、高水準の教育と礼儀《れいぎ》作法を学んだお嬢様《じょうさま》なのだろうか。

「おいダクネス、叩くならもっと上の方を……そうそう、そこら辺だな。中に魔法が詰《つ》まってるんじゃないかな」

「というか、もしかしてそれが例の兵器なのですか？　ちぇけらが大事にしていた、変わった形の物干し竿に見えるのですが。……何かが詰まってるんじゃないですかね？　中を掃除《そうじ》する棒でも取ってきましょうか」

ダクネスがレールガンを叩き続け、めぐみんが棒を拾いにどこかへ行こうとする中。

「ねえ……。ね、ねえ……！」

アクアが俺の服の袖《そで》を引っ張りながら、遠くを指さし言ってくる。

「なんだよ。お前は、もう一度魔法を試《ため》してみてくれよ。さっきの魔法がレールガンと相《あい》性《しょう》が悪かったのかもしれないし、今度は別の破魔魔法を……」

言いながら、そちらを見ると……。

シルビアが、血走った目でこちらを睨《にら》み。

「あらあら、そんなところで何をしているのかしら？　なあに、それ？　随分《ずいぶん》と面白そうな物を持ってるわね!!」


遠く離《はな》れていた俺に狙いを定めた！

8

「待ちなさいなボウヤ！　あなたの持っているソレを置いて行きなさい！　魔王《まおう》の幹部の勘《かん》かしら、ソレは何だか嫌《いや》な予感がするのよ！」

シルビアは銀色の巨体《きょたい》をくねらせて、足止めしようとちょっかいをかける紅魔族を完全に無視し、俺達のみを追いかけていた。

俺が抱《かか》えているレールガンがヤバい物だとは分かったらしい。

どうしよう、コレ、誰《だれ》かにパスしちまおうか！

「待ってええ！　カズマさんたら、私よりもステータス低いクセに、どうして逃《に》げる時だけそんなに速いの⁉　このために逃走スキルを取ったの⁉　置いてかないで！」

こめっこを抱《だ》きしめたアクアが、俺のすぐ後ろを走っていた。

そのこめっこはといえば、アクアに抱きしめられたまま、自らはいつの間にかちょむすけを抱きかかえ、プランと運ばれるがままにされている。

この子も大概《たいがい》大物だ。

「何やってんだ早くしろ！　って、おいダクネスが遅《おく》れてる！　アイツ重すぎるんだよ！」

「お、重いとか言うな！　ちゃんと鎧《よろい》が重いと言い直せ！」

いつの間にかちゃんと鎧を着ていたダクネスが、鎧の重さにもたついていた。

面倒臭《めんどうくさ》い事を言うダクネスに、シルビアが後少しというところまで迫《せま》ってきている。

ダメだ、もうこの重い兵器は投げ捨てて……！

「逃げても無駄《むだ》よ、サトウカズマ！　そして、聞きなさい、紅魔族！　今日からアタシがあんた達の天敵よ！　世界中のどこに逃げても、必ず探し出して最後の一人まで根絶やしにしてあげるわ！　世界中のどこに集落を作っても、必ず潰《つぶ》しに行ってあげる！」

燃え盛る里中に響《ひび》く声で、シルビアが宣言した。

このレールガンを渡《わた》したら、俺達の事は諦《あきら》めてくれないかな……。

「臆病者《おくびょう》の紅魔族！　お前達も、そして今後お前達に関《かか》わる者も！　これからは、いつ襲われるか分からない恐怖《きょうふ》に震えながら、怯《おび》えて暮らすがいいわ！」

そんなシルビアの挑発《ちょうはつ》を聞いても、紅魔族の面々は特に気にする事もなく、誰一人として応じようとはしなかった。

光の屈折魔法でのゆんゆんとの連係といい、テレポートの使い方といい。

この連中は、本当に頭が良いのだろう。

できればそれを、もっとマトモな方に使って欲しいが。

「姉ちゃんは臆病者なんかじゃないよ！」

シルビアの哄笑すら掻《か》き消す程《ほど》の、里に響く大声で。

ちょむすけをギュッと抱《だ》いたこめっこが、アクアに抱かれた体勢のまま、シルビアに向けて叫《さけ》んでいた。

こめっこに抱かれたちょむすけが、歯形が付いてたりグッタリしているのが気になるが、今はそんな事よりも。

「それはちょっと聞き捨てなりませんね。これは紅魔族と魔王軍の問題です。カズマが持っているその兵器を渡したら、この三人の事は見逃《みのが》してもらえませんかね？」


どこに沸点《ふってん》があるのかが分からない、ウチの短気な魔法使いは。

突然《とつぜん》逃《に》げるのを止《や》め、シルビアに対し杖《つえ》を向けた。

それを見たシルビアも動きを止め、舌なめずりをして笑《え》みを浮《う》かべる。

「あら、さっきから影《かげ》の薄《うす》いお嬢《じょう》ちゃんじゃない。そういえば、まだあなたが魔法を使ったところを見てないわね。あなたの得意な魔法は何かしら？　一体何ポートなのかしら」

挑発的なシルビアの言葉に、めぐみんがポツリと言った。

「あなたには、まだ名前を名乗っていませんでしたね。私の名前はめぐみんです。そして、私が本当の、紅魔族随一《ずいいち》の魔法使いです」

さっきゆんゆんが言った、紅魔族随一のセリフを気にしていたらしい。

いつもの派手な名乗りではなく、めぐみんはただ淡々《たんたん》と、静かに告げた。

それを聞いて、シルビアが不思議そうな顔をする。

「あなた、珍《めずら》しい紅魔族ねえ……。あの変な名乗りをしないのかしら？　紅魔族ならハッタリが大事でしょう？」

からかう様なシルビアに、めぐみんは一切《いっさい》動じる事もなく、眉《まゆ》一つ動かさない。

そんな中。

「姉ちゃんは凄《すご》いんだよ！　凄い魔法で、邪神《じゃしん》だってやっつけちゃうんだよ！」

それは、未だアクアに抱かれたままのこめっこの声。

めぐみんは、そんなこめっこをチラリと見てクスリと笑うと。

「すいません。こめっこを見ててくださいね。目を離すと、相手が誰だろうが突《つ》っかかっていく子なもので。ちょっと私の必殺魔法で、あいつを消し飛ばして来ますから」

めぐみんはそう言うと。

「お、おい」

止めようとする俺の言葉に耳も貸さず、片目を隠《かく》していた眼帯を外した。

お前は、里の連中に爆裂《ばくれつ》魔法を使える事を知られると色々とマズイんだろうが。

俺の心配をよそに、めぐみんの言葉を聞いたシルビアが。

「あらあら、出たわね必殺魔法！　もう何度聞いた事やら！」

そんなからかう様な事を言ってきた。

紅魔族の面々からも、ボソボソと声が聞こえる。

「どうしたんだ、ひょいざぶろーのところの娘《むすめ》さんは。以前はもっとキレがあったろう」

「必殺魔法《まほう》を使うなら、もっとタメないとな！」

「前振《まえふ》りが弱いよ、前振りが」

紅魔族の人達は、めぐみんが本当の意味での必殺魔法を使える事は知らない。

めぐみんには、イザって時はお前が切り札だと言ってごまかしたが、アレはこの短気な魔法使《まほうつか》いに、里で魔法を使わせないための方便だ。

めぐみんはやる気みたいだが、里の連中にめぐみんの秘密がバレるのも、効くかどうかも分からないのに、ヘタに爆裂魔法を叩き込むのもマズイ気がする。

魔力《まりょく》切れになっためぐみんを背負い、逃げ切れる自信はない。

「……なあめぐみん、ちょっと話があるんだが」

「カズマは」

説得しようと口を開いたその瞬間《しゅんかん》、めぐみんが小さな声で、被《かぶ》せる様に。

「先ほどアクアに聞いたのですが……。カズマは、地下格納庫に書かれていた古代文字が読めるそうですね」

それを聞いた俺はビクッと震《ふる》えた。

あいつ、余計な事言いやがって！

というか、この状況《じょうきょう》で俺にそんな事を言うって事は……。

めぐみんが、口元をニマニマさせて。

「……いつも私達の尻《しり》ぬぐいをさせてばかりでは申し訳ないですし。今日は、私がカズマの後始末をつけますよ」

……紅魔族は頭が良い。

その事を、俺はこれ以上ないくらいに理解した。

――めぐみんの目が爛々《らんらん》と赤く輝《かがや》いている。

シルビアが、そんなめぐみんを面白《おもしろ》そうに。

「お嬢ちゃん、もういいかしら？　どうせあなたも、自分からは来ないんでしょう？　アタシがそっちに向かえば逃げて、テレポートでも使うんでしょう？」

そんな事を挑発的に言ってきた。

だが、それを聞いたウチの短気な魔法使いは、ただ静かに杖を構えていた。

その様子に、シルビアはおろか、それを見守っていた紅魔族達までもが怪訝《けげん》な表情を浮かべている。

……ヤバい。

コイツ、本気の本気だ。

俺はめぐみんの爆裂魔法の威力《いりょく》を知っている。

紅魔族が見守っているこの位置は、ギリギリで巻き込むか巻き込まないかの距離《きょり》だ。

巻き込む事は巻き込むが、死ぬまでには到《いた》らない距離。

魔法に巻き込まれても誰も死なないなら、コイツは遠慮《えんりょ》なく撃《う》つ奴《やつ》だ。

「おい、お前ら逃げろ！　シルビアから早く離れろ！　できるだけここから逃げるんだ！」

俺の叫びを聞いた紅魔族は、なぜか、おおっ、と声を上げ。

「さすがはめぐみんのお連れさんだ！　外の人なのに盛り上げ方が分かっている！」

「やるなあ……。あの必死な顔、とても演技には見えないよ」

次々と、そんな呑気《のんき》な事を……。

「バカッ！　本当に今から必殺魔法が飛ぶんだよ！　逃げろ！　早く逃げろ！」

俺の言葉に、シルビアと一緒《いっしょ》に紅魔族までもが笑い出した。

こ、こいつら、揃《そろ》いも揃って冗談《じょうだん》だと……！

俺は、もう知ったことかと諦めて、ダクネス達と共にめぐみんの隣《となり》に立つ。

「めぐみん、心配するな。爆裂魔法が効かなくてもこの私があの蛇女《へびおんな》を食い止めてやる。あのメタリックな体に全身を締《し》め上げられるのを想像してみろ、ああ、もう……っ！」

「お前はこんな時でもブレないのな」

「私は、こめっこちゃんを守るために一番遠くに離れてるわね！」

堂々と避難《ひなん》しようとするアクアを捕《つか》まえ、俺はレールガンを足下《あしもと》に置いて刀を抜《ぬ》いた。

めぐみんが、そんな俺達のやり取りを見て、少しだけ口元を緩《ゆる》める。

そして、気負う事もなく静かに爆裂魔法の詠唱《えいしょう》を開始した。

その詠唱を聞き、遠巻きに見ていた紅魔族の連中が一瞬《いっしゅん》で静まり返る。

さすがは魔法のエキスパート、紅魔族の連中には分かった様だ。

先ほどからめぐみんが、ハッタリを言っていた訳ではない事を。

紅魔族の面々が、引きつった顔でこぞってその場から逃《に》げ出す中、シルビアは何が起きたのかが分からずに、辺りをキョロキョロと見回していた。

この一年近く、毎日何度も聞いてきた、めぐみんの魔法の詠唱。

もう長い付き合いだ、それが終わる時間も俺には大体分かっている。

どうやら、めぐみんから沸《わ》き上がる魔力の流れ、そして紅魔族の反応により、さすがにシルビアも必殺魔法とやらが冗談ではないと気づいた様だ。

今までの肩透《かたす》かしで気が抜けていたためか、本気のめぐみんに若干《じゃっかん》怖《お》じ気づきながら。

「必殺魔法ですって？　……さっ、炸裂《さくれつ》魔法でも、爆発《ばくはつ》魔法でも、それがどんな上位魔法でも！　魔術師《まじゅつし》殺しと一体となった今のアタシに、撃ち込めるものなら撃ってみなさいな！　それが効かなかった時が、あんた達の最後よ……っ！」

シルビアが、自らの顔の前に両腕《りょううで》を交差させ、声を張り上げていた。

めぐみんが紅《あか》い瞳《ひとみ》をカッと見開き、全《すべ》ての魔力を込めて魔法を唱えた！

「『エクスプロージョン』ッッッ！」

圧倒《あっとう》的な魔力が膨《ふく》れ上がり、それがめぐみんの構える杖の先から放たれる！

「ちょっ⁉」

何の魔法が使われたのかを理解した、シルビアの顔が恐怖で歪《ゆが》み、めぐみんが放った閃《せん》光《こう》は、一直線にシルビアへと――！


……向かう事なく、俺が投げ捨てたレールガンの後部へと吸収された。

「「「「えっ」」」」


あまりの事に、俺達だけではなくシルビアや紅魔族ですら声を上げる。

それと同時に、魔力を使い果たしためぐみんが、崩《くず》れるように倒《たお》れ込む中。

シルビアが、一瞬でも怯えさせられた腹いせからか、

「ビビらせやがってこのガキが！　てめえ、八つ裂《ざ》きにして殺してやるよ！」

男言葉になったシルビアが、顔を歪めて目の前まで迫《せま》ってきていた。

オカマがキレると怖《こわ》い、超《ちょう》怖い！

せめて女言葉のままでいてくれ！

「ちくしょー！　このガラクタのせいで最悪な事態に！」

「カ、カズマ！　シルビアが向かってくる！　お前は魔力を使い果たしためぐみんを頼《たの》む！　なあに、小一時間ほど私が堪能《たんのう》した後に助けに来てくれればそれで……！」

「カズマさーん！　私、女神《めがみ》として、こめっこっていうこの小さな命を守らなきゃいけないから先に行くわね！」

どいつもこいつも！


「ねえ、なんかピコピコしてるよ」

俺の隣でアクアに抱《だ》きかかえられたこめっこが、突然《とつぜん》そんな事を言い出した。

視線の先には——

地面に転がるレールガンの側面に、『FULL』の文字が点滅《てんめつ》していた。

俺は手記に書かれていた、魔法を圧縮して撃ち出す兵器だという事を思い出していた。

コイツは壊《こわ》れていたんじゃない、単に一発を撃ち出す魔力が足りなかった訳だ。

咄嗟《とっさ》にそれを拾った俺は、目前まで迫るシルビアにレールガンの照準を合わせ……！

「魔王《まおう》軍幹部、シルビア！　俺の名前を覚えとけ！　あの世に行ったら、他《ほか》の幹部達によろしくな！　俺の名は『どーん！』」

決め台詞《ゼリフ》と共にトリガーを引き絞《しぼ》ろうとしていた俺の隣から、アクアに抱《だ》かれたままのこめっこが、俺より先に引き金部分を引っ張った。

強烈《きょうれつ》な反動と共に、レールガンの先から眩《まばゆ》い光が放たれる。

レールガンから発射された閃光は、咄嗟に盾《たて》として持ち上げられた銀色の尻尾《しっぽ》をも撃ち抜き、それだけでは収まらず、シルビアの胸に大穴を開けた。

それでもなお衰《おとろ》えを見せない光は、紅魔の里の裏手に広がる霊峰《れいほう》にまで突き進むと山の一角にぶち当たり……！

眩い光と爆音《ばくおん》と共に、その一角を消し飛ばしていた。

俺が、熱で変形したレールガンの残骸《ざんがい》を落とすと同時に、シルビアの巨体《きょたい》が重い音と共に大地に沈《しず》む。

地に伏《ふ》した瀕死《ひんし》のシルビアが、血を吐《は》きながら呆然《ぼうぜん》と呟《つぶや》いた。

「……あ、あれっ？　アタ、アタジ、こ、これで終わり……？」

そんなシルビアを見て、遠く離《はな》れていた紅魔族達も含《ふく》め、誰《だれ》しもが呆然と佇《たたず》む中。

アクアに抱かれていたこめっこが、地に下りるとポーズを取った。

「我が名はこめっこ。紅魔族随一《ずいいち》の魔性《ましょう》の妹！　魔王の幹部より強き者!!」

美味《おい》しいところ持っていかれた！

9

息を引き取ったシルビアの遺体は、紅魔族達が処理する事に。

何でも、魔術師殺しと一体化したシルビアの体は、魔法を弾《はじ》く防具の素材として有効活用されるそうな。

転んでもタダでは起きないとはこの事だろう。

そして——

今朝方、シルビアの手により壊滅《かいめつ》的な被害《ひがい》を受けた紅魔の里はというと……。

「なにこれ」

もの凄《すご》い速度で復興していく里を見て、俺は呆然としながら呟いた。

崩れた瓦礫《がれき》は軒並《のきな》み魔法で吹《ふ》き飛ばされ、岩盤《がんばん》から切り出された建材は、一時的にゴーレムへと変えられ、建設現場まで歩いて行く。

召喚《しょうかん》魔法《まほう》で喚《よ》び出されたらしい六本腕《うで》の悪魔《あくま》が、大工道具をそれぞれの腕に持ち……。

「……なあめぐみん。なにこれ。なんでこんな速度で復興してんの？」

俺は改めて紅魔族の理不尽《りふじん》さを感じながらめぐみんに尋《たず》ねた。

「なぜと言われましても。よその街の復興速度を知らないもので、どのくらい速いのかが分からないのですが」

「……とりあえず、里が完全に元に戻《もど》るのはどれくらい？」

「三日はかかるのではないでしょうかね」

三日かよ。

魔王の幹部に壊滅的にまで破壊《はかい》され、三日で元通りになるのかよ。

「……俺、『里が……燃えていく……』とか儚《はかな》げに呟く女の子を見て、すげえ罪悪感に囚《とら》われてたんだけど」

「それは変ですね？　里の人間なら、多少燃えても簡単に修復できる事ぐらいは分かっているはずですが……。それはどんな人でしたか？」

どんな人？

確か、めぐみんみたいな眼帯を着けた……。

「……この子だよ」

俺は、目の前にフラフラと歩いて来た眼帯少女を指さした。

「なんだい？　私に何か用かい、外の人？　やあめぐみん、探してたんだよ」

「あるえではないですか。お久しぶりですね」

どうやら、この眼帯少女はめぐみんの知り合いらしい。

というか、あるえ？

「めぐみん、ちょっとこれを見てくれないか。実は、ついさっき書き上がった『**紅魔族英**《えい》**雄伝**《ゆう》』の二章なんだけどね。紅魔の里が燃えるシーンが秀逸《しゅういつ》な、傑作《けっさく》だと思うんだよ」

紅魔の里が燃えるシーン……。

あるえ……？

あるえって言ったら……！

確か、俺がこの里に来るハメになった、

「ほう、ではちょっと拝見しま……」

あのしょうもない手紙を送りつけてきた張本人！

「お前かあああああああ!!」

「あああああーっ!?」

俺はめぐみんに渡《わた》された紙束を取り上げると、それを真っ二つに引き裂《さ》いた。

「あああ……わ、私の傑作が……。一週間の徹夜《てつや》の結晶《けっしょう》……」

「何事にも動じないと思っていたあるえが、こんなになる姿は初めて見ましたね」

紙の束を抱《かか》え、地面に崩れ落ちるあるえの肩《かた》を、めぐみんがぽんぽんと叩《たた》いている。

「お前のせいで……！　お前のせいで、俺が一体どれだけ期待したり喜んだりしたか分かってんのか!?　しかも、その後どれだけガッカリしたのかを！　男心を弄《もてあそ》びやがって！」

「な、なんだいめぐみん、この無礼な男は!?　ていうか初対面の人間に、いきなりこんな目に遭《あ》わされるとかビックリだよ！」

「お前の数々の行いの方がビックリだよ！　『里が……燃えてる……』とか意味深に呟いてたクセに何なんだ！　何が新作だよ、お前俺達が必死に戦ってた時、家に籠《こ》もってそんな物書いてやがったのか!?　お前がゆんゆんに送った落書き小説のおかげで散々だよ！」

「落書き小説!?」

「ちょっと二人とも落ち着いてください、お互《たが》い初対面でしょうに、どうしてそんなに仲が……、ちょ……、二人とも！　それ以上喧嘩《けんか》するなら、高レベルに育った私が、あり余るステータスに物をいわせますよ！」

10

里の異常な復興を見届けた俺達は、紅魔の里での最後の夜を過ごしていた。

「——カズマ。先ほどから一体どうしたのですか？　皆《みんな》で夕飯を食べていた時は機嫌《きげん》が良かったのに、どこかへ出かけて帰ってきたかと思えば、ずっと不機嫌そうですが」

先ほどから怒《いか》り心頭の俺に、めぐみんが不思議そうに尋ねてくる。

「どうしたも何も！　おい、あの『混浴温泉』って銭湯は何なんだよ！　ふざけてんのかあの名前は！　混浴でも温泉でも何でもねーじゃねーか！」

俺の言葉に納得《なっとく》がいったのか。

「ああ、あそこに行ったのですか。アレは里の観光客用の施設《しせつ》の一つですよ。里に来た旅人が、必ず一度は入る銭湯です」

「この里はほんとにどうなってんだ！　銭湯まで人をおちょくんのかよ！　まったく、今回の旅は最悪だよ！」

シルビアは倒《たお》れ、魔王軍の残党も一掃《いっそう》された。

里の復興の目処《めど》も立ち、全《すべ》てにおいてようやく決着がついたのだが……。


「私は、今回の旅は結構楽しかったですよ？」


めぐみんが、俺の隣《となり》で寝転《ねころ》がりながら言ってくる。

最後の夜ぐらいは平穏《へいおん》に眠《ねむ》りたいとこなのだが、俺は、またもめぐみんの部屋で寝るハメになっていた。

奥さんの毎度の押しというよりも、スリープで眠らされるならと、めぐみんが自ら言い出したのだ。

最初からそんな風に開き直られると、セクハラをするのも気が引けてしまう。

ダクネスが相変わらずごねてたが、ひょいざぶろーと共に眠らされていた。

そして、俺は今こうして、めぐみんと同じ布団《ふとん》で枕《まくら》を並べている。

「……そうは言うが俺なんて、オークといいシルビアといい、好きでもない相手に襲《おそ》われそうになったんだぞ？」

「それは奇遇《きぐう》ですね。私もここ数日、似た様な日に遭《あ》いましたよ？」

「す、すいませんでした……っ！」

ここのところの自分の行いを振《ふ》り返り、俺はそっと目を逸《そ》らした。

隣から、めぐみんがクスクスと笑う声が聞こえてくる。

「もしカズマが悪い事をしたと思っているのなら……。そうですね、何か、面白《おもしろ》い話でもしてくれませんか？　できれば、カズマの国の話を聞きたいです」

そう言って、めぐみんは、こちらに顔を向けてきた——


「——で、俺は咄嗟の機転を利《き》かせて、お隣の家の娘《むすめ》さんにこう言った訳だ。このお金でチョコ買って、当日家に届けてくださいってな。お釣《つ》りは全部差し上げますから、と。この作戦が上手《うま》くいき、結局俺の弟が貰ったチョコはかーちゃんからの一個のみ。俺はかーちゃんとその子からの、合わせて二個。この時、俺と弟との長い戦いに終止符《しゅうしふ》が打たれたんだ。こうして俺は、兄の威厳《いげん》を保つ事に成功したんだよ」

俺の話をずっと聞いていためぐみんが。

「つまり、お金でサクラを雇《やと》って勝ったんですね。カズマは昔からそんな感じだったと知って安心しました。……しかし、変わったシキタリですね。その日にチョコとやらを貰《もら》えないと、そんなに困るのですか」

興味深そうに、俺の国の忌々《いまいま》しい日について考察していた。

「困るなんてもんじゃない、俺は一度だけ過去に行けると言われたなら、このおかしな風習を考えた奴《やつ》をシバキに行く。それぐらいに貰えない男性にとっては迷惑《めいわく》で困った日なんだ。しかも、それを乗り越《こ》えたとしても、だ。お返しなんて物まであるんだ」

「……お返し？　何ですかそれは？」

めぐみんに、俺はその悪質な仕組みを説明した。

「女性にチョコを貰った場合はな、その一月後《ひとつき》。貰った物の三倍の金額に値《あたい》する品を差し出さなくてはならないという、悪意に満ちたシキタリもあるんだ。これを怠《おこた》ると、女性達の間で社会的に抹殺《まっさつ》される。貰えなければ後ろ指さされて笑われ、貰ったら貰ったで散財する。そんな悪魔のイベントなんだよ、バレン何とかっていうその日はさ」

めぐみんが、それを聞き。

そして意外そうに首を傾《かし》げた。

「なぜカズマはチョコを貰えなかったんですか？　カズマは人間的には色々大事な物が欠如《けつじょ》していますが、それでも、一緒《いっしょ》にいるとカズマの良いところは色々と見えてきます。例えば凄く……。凄く……？　優《やさ》しい人……ではないですね。真面目《まじめ》……？　ないですね。

……あれっ？　……あれっ？　世渡《よわた》りが上手い？　いえでも借金作ってましたし。……あ、あれえー？」

あれえー？　じゃねえ。おい、頑張《がんば》れ。

そこは頑張れ、色々出てくるとこだろ。

「……まあ、素直《すなお》ではないですが、何だかんだで仲間想《おも》いですよね。私はカズマのそんなところ、嫌《きら》いじゃないですよ」

仲間想いとか。

それって結局、女友達によく言われる、異性としては見ていない代表的な褒《ほ》め言葉、「あなたって良い人ね」みたいな事じゃないですか。

まあ色気なんて求めてないから、別に悔《くや》しくも何ともないけど。

ここ最近の俺は、オークのトラウマやシルビアとの色々で、真っ当な外見をした異性なら、誰《だれ》でも意識してしまうぐらいに弱ってるだけだから。

だから、マトモな褒め言葉がなくても別にちっとも気にしてないから！

「もし私がカズマの国に行ったなら、そのなんとかいう日には私がチョコをあげますよ。弟さんにはそれを見せびらかすと良いですよ」

こいつはこいつで、気安くそんな事を言ってくる。

「お前、俺の話をちゃんと聞いてなかったろ。一応その何とかタインは、〝好きな人〟にチョコ渡す日だからな。お前みたいな、ちょっと仲が良いだけでホイホイとチョコ渡す女は、すぐ男に勘違《かんちが》いされてエライ目に遭うんだからな。お前、見てくれはいいんだから、俺の国でそんな事ばかりしてたらとんだ悪女扱《あつか》いされるぞ」

その、俺の言葉に。

「私は、カズマの事好きですよ？」

そんな事を、めぐみんはなんでもなさ気にサラリと言っ……、

「今言ったことを詳《くわ》しく。もう一度言ってみろください」

俺は大事なセリフがいいところで聞こえない、そんな厄介《やっかい》な耳は持っていない。

めぐみんは、布団から首だけ出した状態で、おかしそうにクスクス笑うと。

「嫌いじゃないですよカズマの事は」

「おいさっきとセリフが違《ちが》う、俺の記憶《きおく》力はそんなに悪くないぞ」

めぐみんがその言葉に、再び笑った。

そして、まるで世間話でもするかの様に。

「カズマ。もしもの話なのですが」

「なんだ？　何がもしもなんだ？　俺はいつでもオッケーだ、どんとこい」

ここはムードに任せて告白してくる流れなのか？

そうなのか？

シルビアも倒され、今夜はもう何者にも邪魔《じゃま》される事はない。

めぐみんは、意を決した様に。

「カズマは、もし手に入るとしたなら……」

手に入るとしたなら？

続き！

続きを早く！

ソワソワしながら期待する俺に、めぐみんは静かに言ってきた。

「——優秀《ゆうしゅう》な魔法使《まほうつか》い、欲しいですか？」

終章

『欲しいのは最強の魔法使い』

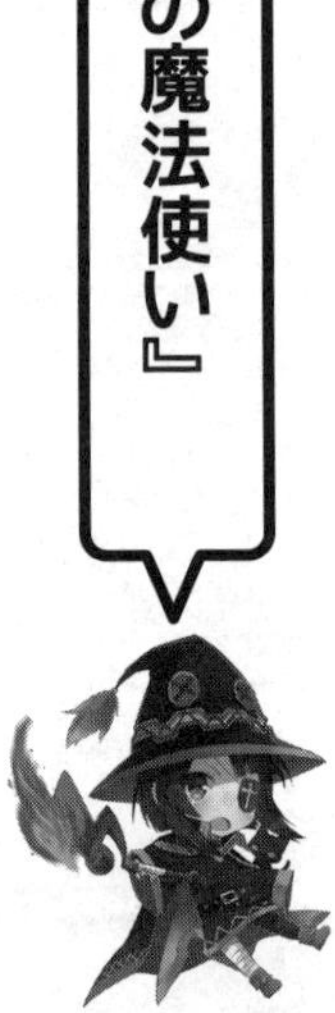

翌朝。

俺はめぐみんに連れられ、里の中を歩いていた。

散歩の途中《とちゅう》でゆんゆんともバッタリ出会い、そのまま三人で一緒にいる。

ゆんゆんは、しばらくこの里に残るのかとも思ったが、またアクセルの街に行くらしい。

まあ、この様子を見ていると、ゆんゆんが帰りたがるのも分かるのだが。

というのも、あのシルビア戦の後、この紅魔の里では、一つだけ変化した事がある。

「あっ！　**『蒼《あお》き稲妻《いなずま》を背負う者』**ゆんゆん！　久しぶりだね、これからご飯食べに行くんだけれど、一緒にどう？」

俺達と共に歩くゆんゆんに、多分めぐみんやゆんゆんと同じくらいの年の娘から、そんな声がかけられた。

それを聞き、ゆんゆんが顔を真赤にして小刻みに首を振る。

そんなゆんゆんの様子に、特に気分を害する事もなく、ゆんゆんに声をかけてきたその娘は、「そう、残念」とだけ言って、笑って手を振り去って行った。

「……モテモテですね、『**蒼き稲妻を背負う者**』。食事ぐらい一緒に行ってあげれば良いではないですか」

「止《や》めて！　その名前で呼ばないで！　私、私どうしてあんなバカな事を……！」

めぐみんの言葉に、ゆんゆんが半泣きになりながら、両手で真っ赤になった顔を覆《おお》う。

あれから、ゆんゆんへの扱いが一変した。

里一番の変わり者で、変なセンスの娘という扱いから一転して、里では、一躍《いちやく》カリスマ的な存在として扱われていた。

通りすがりの兄ちゃんが、ゆんゆんに声をかける。

「おっ、『**雷鳴轟く者**《らいめいとどろくもの》』ゆんゆん！　今から飯食いに行くんだが……」

「行きません！　行きません!!」

泣き出しそうな表情で即座《そくざ》に拒否《きょひ》するゆんゆんに、特に気にした様子もなく、おっと残念とか言いながら、その兄ちゃんは手を振り立ち去っていった。

一応これは、新しいいじめという訳ではないらしい。

「……モテモテですね、**『雷鳴轟く者』**。ついてって奢《おご》って貰えばいいじゃないですか」

「止めて！　お願い止めて！　私に変な通り名を付けないで！」

顔を覆ってブンブンと大きく首を振るゆんゆん。

めぐみんは、突然《とつぜん》自分の持つ杖《つえ》の先をゆんゆんのほっぺたにグリグリと押しつけながら。

「何を言うのですか、紅魔族随一《ずいいち》の魔法《まほう》の使い手！　この私を差し置いて勝手に名乗っておいて、そのくせ通り名は嫌《いや》だとかワガママですよ！　ほら、もう一度あのカッコイイポーズを取ってみるが良いです！」

「や、止めてえ！　めぐみんってばまだ気にしてたの⁉　ちょっとぐらいいいじゃない！」

杖でグリグリするめぐみんに、ゆんゆんが激しい抵抗《ていこう》を見せる中。

俺は何となく呟《つぶや》いた。

「仲良いなあお前ら」

俺のその呟きを耳にして、めぐみんがこちらをチラッとだけ見る。

そのまま、めぐみんは怒《おこ》った様に杖をブンブンと振りながら。

「ほら、とっとと行きますよ！　転送屋さんが、テレポート先にアクセルを登録してくれたそうです！　早く行って、街に送って貰う手配をしないと！」

りとついて行く。

「ああっ、待ってよめぐみん！」

慌《あわ》ててその後をついて行くゆんゆんを微笑《ほほえ》ましく見ながら、俺もその二人の後をのんび
……と、そんな俺達の前に、めぐみんと同じくらいの年の、二人の少女達が現れた。

「あっ、ふにふらさん、どどんこさん！」

一体どういう知り合いだろう。

その二人は、スッとめぐみんの方を指さすと。

「久しぶりね、ゆんゆんとネタ魔法使い！　元気してた？」

「あははははは！　紅魔族一の天才が、里一番のネタ魔法使いに！　あんた、今里の一番の噂《うわさ》になってるわよ！」

からかわれためぐみんが、有無《うむ》を言わせず二人に向かって飛び掛《か》かった。

「おい、久しぶりに会った懐《なつ》かしの同級生に対して、随分《ずいぶん》なご挨拶《あいさつ》じゃないか！」

「ちょ、ちょっとからかっただけじゃない！　ごめん、ごめんってば！　あんた、久しぶりだってのに何でそんなに攻撃《こうげき》的なのよ！」

「止めてえ、何その握力《あくりょく》は！　あんた今何レベルなのよ、痛い痛い、暴力は止めて！」

めぐみんにいきなり襲《おそ》い掛かられ、二人は途端《とたん》に涙目《なみだめ》になる。

……どんな関係だか知らないが、どうやらこの二人はめぐみんを苦手としているらしい。

と、少女の一人がゆんゆんに。

「……その。昨日は格好良かったわよ。今までずっと変わった子だと思ってたけど、あんなところもあったのね」

そう言いながら、恥《は》ずかしそうに目を逸《そ》らす。

「うん、正直見直した！　ゆんゆん、格好良かったよ！」

もう一人もそんな事を……。

いや、ゆんゆんが赤い顔を両手で覆って泣きそうになってるから、これ以上は止めてあげてくれ。

「二人とも、どっか抜《ぬ》けてるから心配してたんだけどね」

「そうそう、めぐみんは子供っぽいところがあるし、ゆんゆんは悪い男に引っかかりそうだしね。でも元気そうで安心したわ」

そう言って、笑顔《えがお》を見せる二人を見て、俺も何だかほっこりしてくる。

良かった、アクセルの街ではぼっちなゆんゆんにも、ここではちゃんと友達っぽい人がいたのか。

と、ゆんゆんが、俺に向かって笑いかけてきた。

「カズマさん、改めて紹介《しょうかい》します。ふにふらさんとどどんこさんです。私の、学生時代の……と、友達です！」

そう言って嬉《うれ》しそうに、そして自慢気《じまんげ》に言ってくるゆんゆんの紹介に、俺は改めて二人の少女にどうもどうもと頭を下げた。

そんな二人も、友達と言われた事に照れながら、ペコペコと会釈《えしゃく》する。

「どうも、佐藤和真《さとうかずま》です。ゆんゆんには日頃《ひごろ》お世話になっている、ゆんゆんの友人の一人です。どうぞよろしく」

「「こ、こちらこそ！」」

この里の人達は、美人や可愛《かわい》い子が多い。

おかげで、俺とした事が変に緊張《きんちょう》してしまう。

というか、二人もなんだか緊張している様に見えるのだが、気のせいだろうか。

そんな俺達を見ていためぐみんが、いきなり爆弾《ばくだん》を投下してきた。

「おい、普段《ふだん》ちっとも出会いがない上に男がいなくて寂《さび》しいのは分かるが、私の、私の男に色目を使うのは止めて貰《もら》おう」

「「「⁉」」」

突然のその言葉に、驚《おどろ》きの表情で完全に固まるめぐみん以外の三人の少女。

「お、おいお前何言って……⁉　何だよ、昨日の夜、俺の事が好きだって言ってくれたのは、本気だったって事なのか⁉」

「「「‼」」」

俺の言葉に、三人は更《さら》に驚愕《きょうがく》し。

どどんことふにふらが、アワアワと狼狽《うろた》えながら、

「おおおお、男⁉　あの、魔法にしか関心のなかっためぐみんに、男⁉　う、嘘《うそ》よね？　アレでしょ？　男友達として好きって事でしょ？」

「そそそ、そうよねー？　オシャレには無頓着《むとんちゃく》だっためぐみんが、いきなりその、お、男だなんて……。ね、ねえ？」

二人でそんな事を言い出した。

何だろう。

何だろうこれ。

ゆんゆんが、同じくアワアワと狼狽えながら。

「カ、カズマさん？　本当なんですか？　め、めぐみんが、その告白、的な……」

そんな事を小さなか細い声で聞いてきた。

俺がめぐみんを見ながら、言っちゃってもいいのかとアイコンタクトをしてみると。

「そんなに心配しなくても私達は、カズマがウチの親にお菓子《かし》持参で挨拶したり、一緒《いっしょ》にお風呂《ふろ》に入った事があったり、ここのところ毎晩同じ布団《ふとん》で寝《ね》て布団の中でモゾモゾしたりと、その程度の関係ですよ」

「「ッ!!」」

青い顔で、フラフラと後ずさるふにふらとどどんこ。

いや確かに間違《まちが》った事は言ってはいないが。

そんな二人にめぐみんが、勝ち誇《ほこ》った様に口元を歪《ゆが》め。

「…………フッ」

「「!!」」

鼻で笑った。

「…………わ、わあああああああ！　お、男ができたぐらいでなにさあああ！」

「くっ、悔《くや》しくなんてないからねっっ！　悔しくないからあああっ！」

二人はそんな捨て台詞《ゼリフ》を残して駆《か》け出して行った。

そして、その場に残って真っ赤な顔でアワアワと狼狽えているゆんゆんに。

「ゆんゆん。私、ちょっとカズマと行きたい所があるのです。悪いのですが、代わりに転送屋さんで手配をしてきては貰えませんか？」

「えっ！　そ、その……。う、うん、良いけど……！　やっぱり二人は、その……？」

ゆんゆんが、恐《おそ》る恐るといった上目遣《うわめづか》いで俺とめぐみんを交互《こうご》に見る。

めぐみんが。

普段は絶対使わない、女子高生みたいな口調で言った。

「私達、どちらかに彼氏ができても、ずっとずっと友達だよね！」

「わ、わああああん！　普段、絶対に私の事を友達だなんて言わないクセに！　またためぐみんに負けただなんて、思ってないからあああ！」

ふにふら、どどんこに続きゆんゆんも走って行った。


――俺はめぐみんに連れられて、里の外に来ていた。

そこは林の中に入った人気《ひとけ》のない静かな場所。

ここで聞こえるのは虫や鳥の声だけだ。

そんな中めぐみんが、突然俺の方を振《ふ》り向いた。

……あれっ、何このシチュエーション。

え、何？

告白？

いや、告白はされてるだろう。

……されてるんだよな？

いや、昨日のってアレ告白って言ってもいいんだろうか。

いやいや、だって、さっき俺の事を、私の男って言ってくれたし！

いやでも、さっきのは同級生の前で背伸《せの》びをしたかったからだとか……！

油断するな佐藤和真、ここで、「俺も好きだよ、付き合おう！」とか言っても、そんなつもりで好きって言ったんじゃないですとか言われるのだ。

いやそもそも俺は、めぐみんの事が好きなのか？

ダメだ、異性に優《やさ》しくされたりすると簡単にほだされてしまう！

俺はこんなにチョロい男だったのだろうか!?

そんな考えが一瞬《いっしゅん》で頭を巡《めぐ》り、俺がオロオロしていると。

めぐみんが俺をジッと見ながら口を開いた。

「カズマ。……昨日聞いた事ですが、もう一度聞きます。カズマは、優秀《ゆうしゅう》な魔法使《まほうつか》いが欲しいですか？」

……何だろう。

昨日の夜も聞かれたが、これはどういった意図なのだろうか。

俺は昨晩と同じ答えを返す事に。

「欲しいか要《い》らないかで聞かれたら、そりゃあ欲しいさ」

と、当たり前の事を、当たり前の様に答えた。

めぐみんは、その答えに満足したのか。

「そうですか。……うん、私も覚悟《かくご》ができました」

そう言って、突然《とつぜん》笑顔を見せた。

……デートすらした事のない童貞《どうてい》に、こんな場所でそんな不意討《う》ちの笑顔はあかんて。

こんな人気のない所で、覚悟ができただの、魔法使いが欲しいかどうかだのと言われると、凄《すご》くドキドキするんですが。

「私は、今から上級魔法《まほう》を覚えようかと思います」

めぐみんが、そんな過激な、童貞にはいきなりハードルが高い事を…………なんて？

「……おい。今なんつった？」

俺は素《す》になって返していた。

我慢《がまん》しないなら三度の飯が二度になると言われても、我慢などせずに魔法ぶっ放す爆裂《ばくれつ》狂《きょう》が、今なんて？

めぐみんが、自分の冒険《ぼうけん》者カードを取り出した。

それを見ながら。

「ずっと悩《なや》んでいたんです。ゆんゆんに、ネタ魔法使いと言われる前からも。多分、カズマやアクア、ダクネスと会わなかったなら、こんな事は考えずにずっと爆裂魔法を鍛《きた》え続けていたのでしょう。ふにふらやどどんこを見て分かる通り、紅魔の里の人達は、きっと私に対してガッカリしている事だと思います。……私は、もうカズマのお荷物にはなりません。今度は、カズマや皆《みんな》を私が助けるんです。……だから。だから、**爆裂魔法は今日で、封印《ふういん》**するんです」

そんな事を言いながら、俺に笑いかけてきた。

いやいや。

いやいやいや。

「おい待てよ。そりゃあ上級魔法が使えりゃ助かる。助かるけどもさ。そうだ、別に爆裂魔法を封印なんてする必要はないだろ。討伐《とうばつ》とかに出ない日だってあるんだし。そんな時は、また一日一爆裂に行けばいいしさ。それに、普段は使わなくたって、イザという時の切り札として取っとけば……！　大体お前、以前ゆんゆんに言ってなかったっけ？　爆裂魔法の威力《いりょく》向上や、高速詠唱《えいしょう》ってスキルに、得られるスキルポイントは全部注ぎ込んでる、みたいな事をさ」

そんな俺の言葉に、めぐみんはクスッと笑い。

「そんな事、よく覚えてましたね。いつでもそのスキルを覚えられる状態で、スキルポイントをずっと大事に貯《た》めておいたのですよ。……爆裂魔法を唱えると、魔力《まりょく》切れで、その日一日他の魔法は使えません。逆に、上級魔法を使ったなら、ギリギリの魔力を使う爆裂魔法は、その日は使えなくなるでしょう。上級魔法を覚えたら、何度も何度も詠唱し、少しでも早く撃《う》てる様、少しでも威力を上げられる様に練習しなくてはなりませんからね」

言いながら。

めぐみんは、そのままジッと自分の手元の冒険者カードを見る。

……俺はふと思い出していた。

街を出る前に言われたバニルの言葉を。

『貴様はこの旅の目的地にて、仲間に迷いを打ち明けられる時が来る。貴様の言葉次第《しだい》では、その仲間は自らの歩むべき道を変えるだろう。汝《なんじ》、よく考え、後悔《こうかい》のない助言を与《あた》えるようにな』

ああ、あの言葉はこの事を言っていたのか。

クソ、あのチート悪魔《あくま》め、こうなる事を全《すべ》て知ってやがったのか？

帰ったら店のドアノブを聖水塗《まみ》れにしてやりたいとこだ。

だが、ウィズがドアノブ掴《つか》んで大火傷《おおやけど》する光景しか見えて来ない。

めぐみんが、大切な思い出の品を眺《なが》めるように、ジッとその手元のカードを見詰《みつ》めている。

やがて、静かに目を閉じて。

深く息を吸い、目を開けた。

そのまま、何かを堪《こら》える様にバッと俺に背中を見せて、後ろ手に自分のカードを突《つ》き出してくる。

そのめぐみんが、肩《かた》を少しだけ震《ふる》わせていた。

「すいませんカズマ。凄く酷《ひど》い事をお願いしてもいいですか？」

「……自分じゃ押せないから、俺に上級魔法スキル取得のボタンを押してくれって？」

めぐみんが、コクリと頷《うなず》いた。

アホだなあ……。

「お前、良く考えろよ？　もう俺達は大金が転がり込んでくるんだからな？　そんな、討伐だとか危険な事にはあまり首突っ込まなくてもいいんだ。屋敷《やしき》でのんびりしながら、たまに爆裂魔法で雑魚《ざこ》を一掃《いっそう》したりして、皆で楽しく生きていこうぜ」

そんな俺の言葉に、めぐみんが噴《ふ》き出した。

「以前は、中級魔法を取る気はないのかと、散々私に言っていたカズマなのに」

そう言って、可笑しそうに肩を震わせ、俺の方に再びカードを差し出してきた。

俺は無言でそれを受け取ると。

「……後悔しないのか？」

めぐみんの背中に言った。

「しません。私はもう、足手まといになんてならないって決めたんです。私が普通《ふつう》の紅魔族だったなら。きっと、カズマがオークに追われて泣かされる事も、シルビアにカズマを連れて行かれる事もなかったでしょう。……私は、紅魔族随一《ずいいち》の魔法の使い手。上級魔法を操《あやつ》る者！　……今後は、これでいくとします。上級魔法が使える様になれば、ゆんゆんよりも潜在魔力《せんざいまりょく》が高い私の方が、絶対に紅魔族随一です。ゆんゆんに、紅魔族一の使い手の座は渡《わた》しませんよ」

めぐみんは、そんな事をきっぱり言って。

無理やりに笑《え》みを浮《う》かべた。

……アホだなあ、本当に。

何よりも爆裂魔法が好きで、それに全てを捧《ささ》げてきたクセに。

俺は無言でめぐみんのカードを操作した。

しかし、他人でもカードって操作できたんだな。

もっと早く知っていたなら。

例えばこいつらに出会った頃《ころ》なら、ダクネスやめぐみんのカードをパクって、勝手に操作していただろうに。

俺は操作を終えると、それをめぐみんに手渡した。

めぐみんは、そのカードを見もせずに、自分の胸元《むなもと》に無造作に突っ込む。

そして、バッと振り返ると。

「さあ、ではそろそろ皆の下へと帰りましょうか！　アクアやダクネスと一緒《いっしょ》に、アクセルの街に。そうそう、あのシルビアの賞金ですが、結構凄いらしいですよ？」

「へえ、マジか！　なら、街に帰ったら宴会《えんかい》しようぜ」

めぐみんが里へと帰ろうとする中、俺はそれを引き止め。

「ああ、めぐみん。ちょっと一発、爆裂魔法を撃ってくれよ」

俺は突然、そんな事をめぐみんに頼《たの》む。

その俺の言葉にめぐみんが、

「……あなたという人は、本当にどうしてこう……。私が決意して、五分も経《た》たない内に爆裂魔法を撃ってくれとは、何を考えているのですか？」

そう、呆《あき》れた様に言って来た。

「俺の国には、明日《あした》から頑張《がんば》るって言葉があってだな。それにほら。俺まだ、百点と言える爆裂魔法を見てないぞ。シルビア相手の爆裂魔法は兵器の力を借りてたしな。お前の最後の爆裂魔法がまがい物でいいのか？」

「………………言ってくれましたね。良いでしょう、私の最後の爆裂魔法。それはもう凄いのをお見せしようではないですか！」

言って、めぐみんが大仰《おおぎょう》に、離《はな》れた岩を目標にそこに向かって杖《つえ》を構えた。

「……ああ、めぐみんめぐみん。それは止《や》めとけ。そんな近いのじゃなくて、標的はもっと遠くにしろよ。これ以上にない、全力の力で撃つんだろ？　ほら、向こうの岩にしておけよ」

そう言って俺が指さしたのは、林を抜《ぬ》けた平地にある大きめの岩。

俺の突然の注文に、めぐみんが首を傾《かし》げた。

「別に構いませんが、射程ギリギリですよ？　……では、カズマにお見せしましょうか。

我が渾身《こんしん》の、最後の爆裂魔法を！」

言って、さっきまでの何かを堪える様な偽《いつわ》りの笑顔ではなく、心の底から嬉《うれ》しそうに。

めぐみんは、嬉々《きき》として、心底楽しそうに爆裂魔法の詠唱を開始し……！

「『エクスプロージョン』ッッッ!!」

めぐみんのかざす杖の先から強烈《きょうれつ》な光が迸《ほとばし》り、それが目標の岩に突き刺《さ》さった。

それは間違《まちが》いなく、過去最大最高の爆裂魔法。

耳をつんざく轟音《ごうおん》と共に、未《いま》だかつてない、とんでもない規模の爆風《ばくふう》が吹き荒《あ》れた。

これをシルビアへ放っていたならば、あの兵器を用いなくても倒《たお》せたかもしれないとすら思わせる、そんな威力の爆裂魔法。

自らが放った魔法の力を目《ま》の当たりにし、めぐみんは、驚《おどろ》きの表情で慌《あわ》てて懐《ふところ》からカードを出すと。

それに目を走らせた後、俺の方を困った様な、それでいて滲《にじ》み出る嬉しさを我慢できない様な、なんともいえない微妙《びみょう》な顔でじろっと睨《にら》むと。

やがて、バサッと自分のマントを翻《ひるがえ》して、吹っ切れた様に笑みを浮かべ、俺に向かって名乗りを上げた。

「我が名はめぐみん！　アークウィザードにして、爆裂魔法を操る者！　アクセル随一の

魔法《まほう》の使い手にして、いつか爆裂魔法を極《きわ》める者!!」

そんな、普段《ふだん》通りのめぐみんがそこにいた。

俺はめぐみんの意に反し、残っていたスキルポイントを、全て爆裂魔法の威力向上に突っ込んだ。

優秀《ゆうしゅう》な魔法使《まほうつか》いが欲しいかって?

ウチのめぐみん以上に優秀な魔法使いなんて、いるわけがないだろう。

なんせ、魔王《まおう》の幹部達を相手取り、爆裂魔法一つで翻弄《ほんろう》したり、撃退《げきたい》したり。

これ以上の戦果を挙げた魔法使いが、他《ほか》にいるというのなら連れて来い。

優秀な魔法使い程度じゃなく、俺が一番欲しいのは……。

ドヤ顔のめぐみんが、薄《うす》い胸を張りながら聞いてくる。

「今のは何点でしたか?」

そりゃあもちろん。


「百二十点」

それを聞いためぐみんが、とびきりの笑顔を見せた——

エピローグ

「やっぱり我が家が一番だな！　もう当分旅はいいよ！　そもそも、引き籠《こ》もりの俺が旅行するってのが間違ってたんだよ！」

久しぶりの屋敷に帰ると、その居心地《いごこち》の良さに安心する。

ここのところ連続で旅に出たが、本来、引き籠もり気質な俺がアグレッシブに行動する事がおかしいのだ。

どうせこれから、バニルとの商談で大金が手に入るのだ。

もう当分旅には出ない。

いや、もういっその事屋敷からもしばらく出ない。

幸いにも紅魔族の人達は、シルビア討伐《とうばつ》の賞金は俺達が全部持って行けばいいと言ってくれた。

となると、俺の手元には相当な額が転がり込んでくる事になる。

決めた。もう厄介事《やっかいごと》には首を突っ込まない。

誰《だれ》が泣きついてきたとしても、追い払《はら》うとしよう。

「カズマったら、早速《さっそく》ダメ人間振《ぶ》りを発揮しだしたわね。でもなぜかしら、そんな姿を見ているとなんだか安心するわ。こう、私も頑張らなくてもいいんだって気持ちになるの」

「アクア、それは同族の姿に安心しているだけだ！　堕落《だらく》するな、アレの姿を見習うんじゃない、アレを反面教師にするんだ！」

アクアの言葉にダクネスが、そんな失礼な事を言っている。

「まあそう言わずに。今回のカズマは、何だかんだいって大活躍《だいかつやく》だったではないですか。古代文字を解読し、更《さら》には兵器の使い方までも調べ上げ、最後にはシルビアを倒したのですから」

めぐみんが、どうした風の吹《ふ》き回しかしらないが、珍《めずら》しく俺のフォローをしてくれた。

「シルビアを倒したのはめぐみんの力じゃないか。俺はただ撃《う》っただけだよ」

「いいえ、魔法を純粋《じゅんすい》な破壊《はかい》力に変換《へんかん》するあの兵器がなかったら、きっと私の力では通じなかったでしょう。それもこれも、カズマが兵器を持ってきてくれたおかげですとも」

めぐみんと二人で、お互《たが》い手柄《てがら》を譲《ゆず》り合っていると。

「……おいアクア、どうしたんだこの二人は。何だか、旅から帰ってきてから様子がおかしいぞ。……も、もしや、同じ布団《ふとん》で寝《ね》ていた時に、とうとう……!?」

「おい滅多《めった》な事言うな、何も間違いは犯《おか》してないぞ！　なあめぐみん、別に何も……。おい、お前もちゃんと否定しろよ！　俺が疑いの目で見られるだろ！」

疑いの目を向けてくるダクネスに、めぐみんは否定する事なくアクアの下へと行ってしまう。

どうやら、アクアが手にしている物が気になる様だ。

そういえば、こんな時には真っ先にアクアが余計な事を言ってくるはずなのに珍しいな。

アイツはさっきから、ソファーで一体何をして……。


ピコーン。

……。


「お前、いつの間にゲーム機持ってきたんだよ！　おい、俺にもやらせてくれよ、それはゲーマーの俺にこそ相応《ふさわ》しいアイテムだろ！」

「貸して欲しいのならそれなりの対価が必要になるわよ！　具体的には、明日のお風呂掃《ふろそう》除《じ》の当番を代わってもらうわ！」

アクアが持ち帰ってきたゲームガールを取り合っていた、その時だった。

玄関《げんかん》のドアがノックされ、外から男の声が聞こえてくる。

「ごめんください、どなたかいらっしゃいませんか？」

俺とアクアは顔を見合わせ、無言で頷《うなず》き合うと……。

そのまま、ドアの前にそっと近づき。

「どなたかいらっしゃいませ……。おお、これはこれは。あなたがこの屋敷《やしき》の……、な、何をするか！　止め……っ!?」

「どこのどいつか知らないが、どうせまた厄介事を持ち込みに来たんだろう！　帰れ帰れ、この疫病神《やくびょうがみ》が！」

「カズマ、ドレインタッチよ！　ドレインタッチで生命力を吸って、その人の意識を刈《か》り取るの！　そして外に放《ほう》り出して、誰も来なかった事にしましょう!!」

「お前達はいきなり何をしている！　こらっ、カズマ！　その手を放せ！」

「もう面倒事《めんどうごと》に巻き込まれたくないという気持ちは分かりますが、初対面の人間に襲《おそ》い掛《か》かるのはダメですよ！」

来客者に飛び掛かった俺はダクネスとめぐみんに取り押さえられ、そのまま両手を拘束《こうそく》される。

訪ねてきたのは、そろそろ初老になるかという年の、執事《しつじ》風の男だった。

男は荒《あら》い息を吐《は》きながら、俺とアクアに警戒《けいかい》の目を向ける。

と、その執事風の男を見て、ダクネスが声を上げた。

「なんだ、ハーゲンではないか。この屋敷には、緊急《きんきゅう》の用事以外では顔を出さない様言ってあるだろう？　お前達に来られては困るという事ではなく、この通り、ここに来るとロクでもない目に遭《あ》わされないかと心配していただけなのだが……」

どうやらこの執事は、ダクネスの家の使用人らしい。

しかし、この屋敷に来るとロクでもない目に遭うってのはどういう事だ。

……まあ確かに、現在進行形でロクでもない目に遭わされている訳だが。

その執事はしばらく咳《せ》き込んだ後、ようやく落ち着きを取り戻《もど》したのか。

「お嬢様《じょうさま》、私がここに参りましたのは、その緊急の用事でございます。実は……」

止《や》めろ、もうこれ以上の厄介事は御免《ごめん》なんだよ！

俺が耳を塞《ふさ》いで執事の話を聞くまいと抵抗《ていこう》していると、ダクネスは俺の手首を掴《つか》み、耳を塞いでいる手を無理やり剝《は》がし、一緒《いっしょ》に話を聞かせようとしてくる。

「や、止めろお！　きっと俺には関係ない事だ、話を聞かせようとすんな巻き込むな！　もうどこにも行きたくないし、危ない橋も渡《わた》りたくない！　家でゆっくりしたいんだよ！」

「ちょっと私、旅の間放《ほう》っておいたトイレの汚《よご》れが気になるから掃除《そうじ》してくる！」

激しく抵抗する俺と逃《に》げようとするアクアを捕《つか》まえると、ダクネスが執事に向けて首を傾《かし》げ。

「どうした、一体何事だ？　実家に何か起きたのか？」

そのダクネスの問いに、

「一大事ですお嬢様！　このままでは、お嬢様の唯一《ゆいいつ》の取り柄《え》が失われてしまいます！」

執事が、そんな聞き捨てのならない事を言った。

「おいちょっと待て、ダクネスの取り柄が何だって!?　まさか、しぼむのか!?　このけしからん体がしぼむのか!?　ていうかおかしいとは思ってたんだよ、その体はエロ過ぎるからな！　大方、金と権力に物をいわせて胸をデカくする魔道具《まどうぐ》を手に入れたんだろ！」

「お前は何を言っている！　私の取り柄と言えば防御力《ぼうぎょ》で……、いや違《ちが》う！　ハーゲン、お前も酷《ひど》いではないか、私にはもっと取り柄があるはずで……！　なあめぐみん、アクア、私には、もっと取り柄があるだろう!?」

半泣きで訴《うった》えかけるダクネスに、

「そんな事よりも胸を大きくする魔道具とやらは、あるのですかないのですか？　あるのなら、その辺をちょっと詳《くわ》しく……」

「カズマもおじさんも酷いじゃない！　ウチのダクネスにはね、たくさん取り柄があるの！　泣いて頼《たの》めば大概《たいがい》のお願いは聞いてくれるぐらいにチョロいし、適当な事を教え込むと大体は鵜呑《うの》みにしちゃうから退屈《たいくつ》しないし痛い痛い痛い！　ダクネス止めて、頭が割れちゃう！　褒《ほ》めてあげてるのに何するの⁉」

アクアのこめかみをわし掴み、悲鳴を上げさせていたダクネスに、執事が言った。

「違《ちが》うのです！　このままでは、当家が貴族の資格を剝奪《はくだつ》され、お嬢様《じょうさま》が一般《いっぱん》人になる可能性が！　そうなってしまっては世間知らずなお嬢様の事、もはやそのいやらしい体を売って生きていくしか道はお嬢様、お嬢様っ！　この老体相手にお止めください、死んでしまいます！」

涙目《なみだめ》で執事《しつじ》の首を絞《し》めだしたダクネスの足下に、一通の手紙がヒラリと落ちた。

「……？　何だこれは？」

「王家から送られてきた手紙です。それを見れば、当家の一大事という理由がご理解頂けるかと。そして事は、そちらのサトウ様方に関係が……」

言って、執事がチラリと俺を見る。

止めてくれ、もう俺達を巻き込まないでくれ！

手紙を広げたダクネスが、みるみるうちにその顔を青ざめさせ、ガクリと膝《ひざ》を落とす。

手紙に書かれていた内容は、よほどの厄介事《やっかいごと》なのだろう。

「……何だってんだ？」

俺が恐《おそ》る恐る尋《たず》ねると、ダクネスはハッと気を取り直し。

「なな、何でもないです！　カズマには関係のない事ですから！　いや、関係のない事だから、気にするな！」

突然《とつぜん》おかしな敬語が交ざりだしたダクネスに、俺は違和感《いわかん》を覚えて手を差し出す。

「手紙見せろ」

「こ、断る。いや、毎度毎度お前を巻き込んでしまっては申し訳ないからな、ほら、さっき言っていただろう？　もう面倒事《めんどうごと》には巻き込まれたくはないと！　だから、この件は」

「『スティール』」

「ああっ！」

俺は手紙をもぎ取ると、後ろから覗《のぞ》き込んでくるアクアとめぐみんと共に、ザッと目を通していく。そこには……。

『数多《あまた》の魔王《まおう》軍幹部を倒《たお》し、この国に多大なる貢献《こうけん》を行った偉大《いだい》なる冒険《ぼうけん》者、サトウカズマ殿《どの》。貴殿《きでん》の華々《はなばな》しいご活躍《かつやく》を耳にし、是非《ぜひ》お話を伺《うかが》いたく。つきましては、お食事などをご一緒《いっしょ》出来ればと思います』

そんな手紙の最後には、国の紋章《もんしょう》と差出人の名前がある。

差出人の名はアイリス。

この世界に疎《うと》い俺ですら知っている、この国の第一王女。

つまりはお姫様《ひめ》という奴《やつ》だ。

「カズマ、こんなものは辞退しよう！　第一王女のアイリス様に何かあれば首が飛ぶ！　この中の誰《だれ》かが無礼を働いただけで大問題になるんだ！　礼儀《れいぎ》作法なんて知らないだろう？　そんな堅苦《かたくる》しいのは嫌《いや》だろう？　な？　辞退しよう！　そ、そうだ、ダスティネス家がどこかの美味《おい》しい店でも借り切って、身近な者だけ集め、お前の功績を称《たた》える宴会《えんかい》を開いてやろう！　だから……！」

俺はアクアとめぐみんに視線をやり、二人と共に頷《うなず》き合うと。

「とうとう俺達の時代が来たか」

涙目のダクネスがブンブンと首を振《ふ》りながら、立ち上がった俺の腰《こし》にすがりついてきた。


〈了〉

あとがき

作家っぽい何かこと、暁《あかつき》なつめです。

とうとうこのシリーズも、いつの間にやら五巻まで出てしまいました。

スピンオフ『この素晴《すば》らしい世界《せかい》に爆焔《ばくえん》を！』も含《ふく》めると、シリーズ的に6冊目です。

ここまでハイペースで刊行してきましたが、次巻は普通《ふつう》の刊行ペースになりそうです。

休ませろとか遊ばせろとか、作者が駄々《だだ》をこねて担当さんを困らせた訳ではないです。

本当です、単に他《ほか》のお仕事が増えてきただけです。

その、他のお仕事といいますと……。ドラマCD化が決定したので、書き下ろしを！

更《さら》に、以前お知らせしたドラゴンエイジさんでの連載《れんさい》について、打ち合わせとか！

こんなお話を頂けたのも、三嶋《みしま》くろねさんや担当Kさんをはじめ、このシリーズに携《たずさ》わってくださった皆様方《みなさま》、そして何より、読者様のおかげです。

今後とも、このシリーズを楽しんで頂けたらと願いつつ。皆様に、深く感謝を！

暁　なつめ

ご購入
ありがとう
ございました
カズマがモテモテな回でしたね！
（色んな意味で）
ゆんゆん可愛いよゆんゆん！（´▽`*）
みしま
くろね
5巻のボツラフ！

この素晴《すば》らしい世界《せかい》に祝福《しゅくふく》を！5
爆裂紅魔《ばくれつこうま》にレッツ&ゴー!!

著　暁《あかつき》 なつめ

角川スニーカー文庫　18739

2014年9月1日　初版発行
2016年5月25日　13版発行

発行者　三坂泰二

発　行　株式会社KADOKAWA
〒102-8177 東京都千代田区富士見2-13-3
電話　03-3238-8521（カスタマーサポート）
http://www.kadokawa.co.jp/

印刷所　株式会社暁印刷
製本所　株式会社ビルディング・ブックセンター

Printed in Japan　ISBN 978-4-04-101571-1　C0193

★ご意見、ご感想をお送りください★

〒102-8078 東京都千代田区富士見 1-8-19
株式会社KADOKAWA　角川スニーカー文庫編集部気付
「暁 なつめ」先生
「三嶋くろね」先生

角川文庫発刊に際して

角川源義

第二次世界大戦の敗北は、軍事力の敗北であった以上に、私たちの若い文化力の敗退であった。私たちの文化が戦争に対して如何に無力であり、単なるあだ花に過ぎなかったかを、私たちは身を以て体験し痛感した。西洋近代文化の摂取にとって、明治以後八十年の歳月は決して短かすぎたとは言えない。にもかかわらず、近代文化の伝統を確立し、自由な批判と柔軟な良識に富む文化層として自らを形成することに私たちは失敗して来た。そしてこれは、各層への文化の普及滲透を任務とする出版人の責任でもあった。

一九四五年以来、私たちは再び振出しに戻り、第一歩から踏み出すことを余儀なくされた。これは大きな不幸ではあるが、反面、これまでの混沌・未熟・歪曲の中にあった我が国の文化に秩序と確たる基礎を齎らすためには絶好の機会でもある。角川書店は、このような祖国の文化的危機にあたり、微力をも顧みず再建の礎石たるべき抱負と決意とをもって出発したが、ここに創立以来の念願を果すべく角川文庫を発刊する。これまで刊行されたあらゆる全集叢書文庫類の長所と短所とを検討し、古今東西の不朽の典籍を、良心的編集のもとに、廉価に、そして書架にふさわしい美本として、多くのひとびとに提供しようとする。しかし私たちは徒らに百科全書的な知識のジレッタントを作ることを目的とせず、あくまで祖国の文化に秩序と再建への道を示し、この文庫を角川書店の栄ある事業として、今後永久に継続発展せしめ、学芸と教養との殿堂として大成せんことを期したい。多くの読書子の愛情ある忠言と支持とによって、この希望と抱負とを完遂せしめられんことを願う。

一九四九年五月三日

NEXT
——とうとう俺達の時代が来たか。
なっ……！　何としてでも面会を諦めさせなくては——。王都へは行かせない！
そういえば、カズマさん。例のアクマと話してた三億エリスは手に入れたのかしら。
そんなことより今は——。
あぁ。ばっちりだ。シルビアの賞金と合わせて大金持ちだ！
それならもう働かなくていいし、家から出なくていいのだな。これからは——。
それなら、第一王女を招いたらいいと思うの。
？？
——今は魔道具です！
う～ん、それも捨てがたいが、王都か……。
この素晴らしい世界に祝福を！6
六花の王女
次回は長編です。王都編……それとも自宅編に!?
COMING SOON!!

「この素晴らしい世界に祝福を!」スピンオフ
この素晴らしい世界に爆焔を!
WEB掲載分に大幅加筆で、「爆焔」シリーズも書籍化!!
暁 なつめ
illustration 三嶋くろね
「上級魔法を習得してこそ一人前。爆裂魔法なんてネタ魔法」紅魔の里の教訓とは裏腹に、めぐみんは爆裂魔法習得のため、勉学に励む学校生活を送っていた。ある日、家に帰ると妹のこめっこが、見慣れない黒猫を抱きかかえていて——!?
シリーズ好評発売中
スニーカー文庫

「……と、そんなセクハラは日常茶飯事《さはんじ》な間柄で……」


俺はそこまで聞いて、ご両親に土下座した。

そんな俺に、ひょいざぶろーが後を引き継《つ》ぎ、

「それでも、放《ほう》ってはおけない大切な仲間だから、と。たとえ借金まみれでスケベで中途《ちゅうと》半端《はんぱ》な戦闘《せんとう》力しかなく、口を開けば暴言ばかりで常識もない男でも、私が目を離すと簡単に死ぬから、と。娘がそこまで言うからには、きっと何かあるのだと思っていたが……」

そんな事をしみじみ言った。

色々引っかかるところもあるが、大切な仲間だから、というのは少しだけ嬉《うれ》しくもある。

そう、何だかんだでお互《たが》いの欠点も許しあえるぐらい、固い絆《きずな》ができている今、陰《かげ》でそんな事を言われていたぐらいでは、俺のめぐみんに対する信頼《しんらい》は……。

「なんでもカズマさんのパーティーのメイン火力を務めていて、娘が抜けたらパーティーが成り立たないぐらいだとか。家《うち》の娘が魔王《まおう》軍の幹部バニルを討《う》ち取り、更《さら》には、別の魔王の幹部の城に、連日攻撃《こうげき》を仕掛《しか》けておびき出し、その幹部を討ち取るのにも多大な貢献《こうけん》をしたとか……」

一緒にお風呂に入ったり。
ソファーで無防備に
昼寝していると、
スカートの中身を
体育座りしながら
ジーッと観察していたり。
ちょむすけに餌を
やりながら、
「いいか？　これだ。
これを盗ってくるんだ。
そうしたら、もっと
美味しい餌をやろう」と
下着を見せて覚え
させたりしてるとか。
？